# SOIRÉE SUSHI

Agnès Abécassis est née en 1972, ce qui lui fait donc aujourd'hui à peu près vingt-cinq ans. Après quinze années d'études (en comptant depuis le CP), elle est devenue journaliste, scénariste et illustratrice. Écrire des comédies est l'une de ses activités favorites. Juste après se faire des brushing.

*Paru dans Le Livre de Poche :*

AU SECOURS, IL VEUT M'ÉPOUSER !
CHOUETTE, UNE RIDE !
TOUBIB OR NOT TOUBIB

AGNÈS ABÉCASSIS

*Soirée sushi*

ROMAN

CALMANN-LÉVY

Retrouvez Agnès Abécassis sur :
www.agnesabecassis.com

Ce roman est une œuvre de fiction.
Les personnages, les lieux et les situations
sont purement imaginaires.
Toute ressemblance avec des personnes existant
ou ayant existé serait fortuite ou involontaire.

© Calmann-Lévy, 2010.
ISBN : 978-2-253-15754-0 – 1ʳᵉ publication LGF

*À mes traductrices
de langage SMS.*

# 1

## XM1 et XM2

*J'ai vendu l'histoire de ma vie sentimentale à une maison d'édition.*
*Ils vont en faire un jeu.*

Woody Allen

Aujourd'hui, 17 heures.

— Oui, oui moi aussi, hinhinhin… attends une seconde, ne quitte pas. (La main sur le micro du téléphone.) Qu-oi, encore ?

— Allez, bouge, il est temps d'aller t'habiller.

— Haaan ! Mais non, ça va, je gère. (Le micro à nouveau libre.) Donc tu disais ?

— On peut savoir avec qui tu parles ?

— Une seconde. (La main qui cache encore le micro.) Pff… mais-heu, avec personne, ça ne te regarde pas !

— Tu parles avec ce *garçon*, hein ? Pas la peine de mentir, je le sais ! C'est pas raisonnable, regarde-toi, planquée derrière ta chaise, assise par terre. T'as vu l'état de ta chambre, un peu ?

– Nan mais ça va, oui ? Ça s'appelle une « vie privée », j'ai le droit d'en avoir une. Tu peux la respecter, deux minutes ?

– Hum... Et qu'est-ce que vous vous dites ?

– Je rêve ! Non mais je rêve, écoute, je rêve. Ça ne te regarde pas, ce qu'on se dit ! C'est dingue, ça ! C'est « privé » ! Comme dans « privée d'explications » !

– Allez, quoi, tu peux bien me le dire, à moi...

– Non, je ne peux pas ! Allez, zy-va, steuplé, sors de ma chambre !

– Rohlala, c'est bon... papa va venir nous chercher, de toute façon. Et je crois qu'il ne va pas vraiment apprécier de voir son ex-femme lui ouvrir la porte en pyjama, suspendue au téléphone, dans une maison en bordel, me sermonne ma fille Lou, âgée de treize ans.

– Ouais, souligne Mina, dix ans et demi, en posant nonchalamment son bras sur l'épaule de sa sœur. Il va encore râler, papa.

Je réfléchis une minute à l'éventualité de commencer le week-end en me fightant avec l'ex-mari n° 1, ma moitié d'orange périmée, toujours prompt à y aller de son petit commentaire autoritaire sur ma vie, sous prétexte qu'elle concerne aussi celle de ses filles. Alors qu'en fait, non. Que je traîne chez moi en pyjama à 5 heures de l'après-midi n'implique en aucune manière qu'il se mêle de mes échalotes.

Prudente, je décide tout de même de raccrocher avec Jules, mon amoureux, avant que le père de mes enfants ne ramène sa fraise.

Déjà avant ce coup de fil, je sortais juste d'une prise de chou avec l'ex-mari n° 2. Oui, parce que j'en ai plusieurs, des ex-maris.

Petite veinarde que je suis.

Il y en a qui collectionnent les timbres, les pin's, les jetons de Caddie ou les distributeurs de bonbons Pez, moi il a fallu que j'entame en dépit du bon goût une collection de crapauds (vous savez, ces princes charmants privés de baisers).

Avec XM2 (comme l'appelle désormais ma nioute aînée) on a donc échangé quelques châtaignes verbales, dont certaines particulièrement acides que je me suis prises en pleine poire. Ces volées de bois vert commencent sérieusement à me courir sur le haricot. Alors halte à la friture, je préfère baisser le feu, mettre de l'eau dans mon vin, et quand l'ex-mari n° 1 viendra chercher nos petites, je lui cuisinerai délicatement mes mots à la vapeur.

C'est vrai, quoi.

Ce n'est pas parce que j'ai l'air stoïque, imperturbable et forte, que je ne suis pas toute cassée à l'intérieur.

Et aucun de ces deux preux chevaliers, pour lesquels j'ai autrefois renié mon nom en m'affublant du leur, ne m'épargnera ses querelles belliqueuses et puériles.

Comme si c'était facile d'être une multirécidiviste du divorce. Comme si ça allait de soi de renoncer pour toujours à former le couple uni de ses rêves d'enfant, aussi définitivement qu'on dit adieu à une nouvelle maternité en se faisant ligaturer les trompes.

Certes, ce n'est pas un drame. Quand Sébastien, l'ex-mari n° 2, m'a quittée, je n'ai pas pleuré. Du tout. Pas une seule fois.

C'était tellement, tellement mieux comme ça.

Et puis il fallait rassurer les petites, leur montrer que tout allait bien, que c'était un soulagement, que nous n'étions pas heureux ensemble, que la vie continuait. Même pas triste.

Pour cela, j'ai déployé les grands moyens. J'ai désincrusté en profondeur la maison des dernières traces du fugitif non recherché. Chaque pièce, chaque meuble, chaque objet a été passé au peigne fin, la moindre preuve de son séjour dans nos murs a été soigneusement effacée, le grand ménage de printemps n'a jamais si mal porté son nom que cet hiver-là.

Efficace telle une Mme Propre sous acide, j'ai pensé à tout : à ne pas inquiéter mes proches, à garder la tête haute, à sourire, à faire face à ma nouvelle vie de redivorcée.

Je n'ai simplement pas imaginé que mon cœur tomberait en panne.

D'un coup, comme ça.

Brusquement : plus besoin d'un homme. La phobie des transports amoureux. L'absence totale de libido. Le degré zéro de l'envie de séduire. La prise de conscience du luxe inouï de n'avoir personne à supporter, et le désir d'en profiter au maximum. (Aaah, cette télécommande enfin mienne, braquée avec délectation sur les bulletins d'information de la vie des stars. Aaah, ce bonheur de se laisser aller à chanter quand un air vous passe par la tête, sans subir les foudres de la police du bon son. Aaah, cette lumière allumée dans toutes les pièces de la maison, si je veux. Aaah, cette place à gauche dans le lit enfin mienne, que je convoitais depuis si longtemps…)

Cela ne m'a pas inquiétée, car désormais, seules importaient mes filles et moi-même. J'avais besoin de me recentrer sur l'essentiel, et de me souvenir que je faisais, moi aussi, partie de cet essentiel.

Allez, hop ! Constitution d'un nid douillet.

Un vrai, cette fois. À notre image à toutes les trois.

Avec une nouvelle déco, de nouveaux meubles, une nouvelle ambiance, des touches de rose, de mauve, de rouge, des couleurs de nanas, des fleurs, de la douceur, du rire, de la gaieté.

Voilà. C'était juste une erreur de casting, un accroc de la vie sans gravité, atténué par l'airbag de tendresse que j'ai déployé autour de mes gamines, et pour lequel j'ai mobilisé toute mon énergie.

Toute.

Si bien qu'un jour, lors d'une dédicace dans une librairie parisienne, trop de chaleur, trop de bruit, trop de lumière, trop d'émotions.


Je me suis évanouie.

2

# Jules

*Les femmes peuvent simuler un orgasme, mais les hommes peuvent simuler toute une relation amoureuse.*

Sharon Stone

**Le jour où je suis tombée dans les pommes.**
– Rebecca ? Vous voulez un peu d'eau ?

Je contemple le visage du libraire, penché vers moi, l'air anxieux.

Sans doute dois-je faire une drôle de tronche, car la lectrice appuyée sur mon pupitre me fixe avec une égale inquiétude.

C'est la fin de la journée, et je signe depuis presque trois heures des exemplaires de ma bande dessinée qui vient de sortir.

Autour de moi, ça piaille dans tous les sens, ça s'agite, des mères discutent entre elles, se désintéressant totalement de leurs morpions qui jouent à cache-cache sous les présentoirs, tandis qu'une jeunette habillée aux couleurs de l'enseigne qui me reçoit tente sans succès de faire régner l'ordre.

Il fait si chaud. Je n'ai pas terminé l'illustration qui orne la page de garde de l'album sur lequel je gribouille un cosmonaute, pourtant je ressens le besoin de me lever.

Quelqu'un murmure « Regarde, elle est toute pâle... », mais déjà les sons résonnent dans mes oreilles sans atteindre mon cerveau.

Dans un état second, je bafouille :

— Excusez-moi, je crois qu'il faut que j'aille prendre l'air parce...

Et c'est le trou noir.

Un temps indéterminé s'écoule. Il me faut plusieurs secondes pour parvenir à ouvrir complètement les yeux. Je suis submergée par un brouhaha de voix et d'exclamations, ignorant où je suis et ce que je fais là, allongée par terre, avec cet inconnu qui tente de dégrafer mon chemisier.

Instinctivement, ma main part et je le gifle.

Il bredouille « Mais non, mais je... » tandis que je le repousse de l'avant-bras en essayant de me redresser, maintenue par une petite vendeuse qui me soutient le dos.

Je n'y arrive pas, la tête me tourne, je colle mon poing contre mon front et me rallonge, trop faible. J'entends le libraire clamer vigoureusement, en tapant dans ses mains et en repoussant les gens qui essaient d'approcher : « Veuillez attendre dehors s'il vous plaît, messieurs dames, la dédicace est suspendue pour le moment. Rebecca Carensac va faire une pause... »

– Quelle pause ? dit l'inconnu. Elle va rentrer chez elle, oui, vous voyez bien qu'elle n'est pas en état de continuer.

– Vous êtes médecin ? lui demande la jeune fille tandis que je prends ridiculement appui sur son bras pour me remettre droite.

– Non, je suis pompier, répond l'homme sur la joue duquel fleurit une intéressante étoile de mer rouge à cinq branches.

Une voix criarde émerge par-dessus toutes les autres :

– Rebeccaaa ? Hey, mais qu'est-ce que tu fais par terre ?

Je marmonne un truc à propos de ma passion pour le dos crawlé que je n'hésite pas à pratiquer à même le sol quand l'envie me submerge, mais pas assez fort pour qu'elle l'entende. Elle n'entend pas non plus le « bourrique » qui termine ma phrase, et ce n'est pas plus mal.

## SOIRÉE SUSHI

Je vois débouler ma copine Hortense, fendant, à coups de sac à main, la foule des gamins curieux qui tentaient d'apercevoir la couleur de la lingerie sous ma jupe (raté, j'ai replié les jambes, bande d'andouilles). Elle est venue assister à la dédicace alors qu'elle n'en a pas besoin, nous nous côtoyons déjà tous les jours. C'est ma voisine.

La voilà qui s'agenouille près de moi, qui suis désormais assise les jambes croisées (encore loupé, sales mioches), et exige du libraire qu'il appelle les pompiers.

La vendeuse désigne d'un coup de menton l'homme au blouson de cuir et au casque de moto, qui tient entre ses mains mon album *Les Envahisseurs de l'étrange*, en s'exclamant :

– C'est lui, les pompiers.

Il acquiesce, frottant sa joue mal rasée :

– C'est moi, les pompiers. Rassurez-vous, ça va aller. C'était juste un malaise vagal.

Énervée, je me remets péniblement debout, glisse grosso modo les pans de mon chemisier dans ma jupe, et grince :

– C'est quoi, votre problème ?

Il secoue la tête.

C'est fou comme il ressemble à mon ophtalmo. On dirait son frère jumeau.

— Je voulais simplement dégrafer votre soutien-gorge pour vous permettre de mieux respirer.

Je tends un doigt vers lui, et articule d'un ton menaçant.

— Per-son-ne ne touche à mon soutien-gorge !

— Viens, dit Hortense, en attrapant mon manteau. Tu es fatiguée. On va rentrer, hein ? Ça vaut mieux.

D'un pas décidé, je m'éloigne et me penche sur ma petite table de dédicace, pour regrouper les pinceaux et les crayons que j'enfourne dans ma trousse d'un geste sec.

Ma copine, toujours à l'affût de ce qu'elle peut gratter, n'oublie pas d'embarquer le joli bouquet de fleurs que le libraire, dépité, me réservait pour la fin de mon marathon de signatures. J'entends vaguement des voix derrière mon dos, mais je ne les écoute pas.

N'empêche, quel culot, ce type.

Hortense finit par m'attraper par les épaules, et me guide vers la sortie.

Je me retourne une dernière fois, au cas où il n'aurait pas bien compris :

— Ni à quoi que ce soit d'autre, d'ailleurs !

Sur ce, j'ai franchi dignement le seuil de la librairie, avant de m'écrouler tremblotante avec mon amie dans un troquet un peu craspouille, le temps de nous remettre de nos émotions.

Avant même que nos consommations arrivent, Hortense avait ouvert son sac et en extirpait ma BD.

– Qu'est-ce que tu fous avec mon album ?

– Ben c'est pas le mien, cocotte, c'est celui du pompier. Il me l'a confié pour que tu le lui dédicaces, quand tu iras mieux. Pour sa petite sœur. Tiens, regarde… (elle soulève la couverture) : il a mis son numéro de téléphone à l'intérieur.

Je repousse le livre, agacée :

– La vieille drague à deux balles… il rêve, s'il croit que je vais prendre rendez-vous avec lui pour le lui remettre. Et puis quoi encore ?

Je dégaine un Kleenex et souffle un coup dedans, sous le regard ironique d'Hortense.

– T'as bien raison, ma poulette. Surtout évite les mecs super mignons qui survivent à tes gifles et voudraient te revoir. Tu risquerais d'attraper l'amour.

Haussement d'épaules signifiant tout le mépris que j'ai pour sa remarque.

– Meuh, j'ai même pas vu s'il était mignon, j'ai juste remarqué qu'il ressemblait à mon ophtalmo.

— Ton ophtalmo ressemble à ce type ? File-moi tout de suite ses coordonnées, je viens subitement de perdre un œil.


Pourquoi ai-je fini par l'appeler ?
Je n'en ai aucune idée.
Peut-être simplement parce qu'Hortense m'a traitée de trouillarde, et comme j'en suis effectivement une, j'ai tenu à lui prouver qu'elle avait tort.
Le fait est que j'ai revu Jules (c'est son nom), et lorsque je suis parvenue à oublier deux secondes sa ressemblance saisissante avec mon médecin des yeux, j'ai réalisé combien les siens étaient d'un bleu extraordinaire. Combien ses cheveux blond clair s'accordaient à merveille avec le noir des miens. (Déjà il avait des cheveux. Trouver un quadragénaire avec des cheveux, c'est aussi courant que de tomber sur une huître avec une perle dedans.) Combien ses mains, les plus belles mains d'homme que j'ai jamais vues, semblaient tout entières destinées à contenir les miennes. Combien son allure féline de sportif, mâtinée d'une élégance décontractée (mais soignée), enfin, était à tomber.
Il m'a fallu beaucoup de courage et de détermi-

nation pour résister à la nostalgie de mes super pouvoirs de femme passionnée.

Rappel : de grands pouvoirs impliquent de grandes responsabilités, comme disait je ne sais plus quel philosophe arachnéen.

Pas envie de déclencher une histoire d'amour. C'est vrai, quoi, ça ne sert à rien, l'amour !

Ça finit de toute façon un jour ou l'autre, après on se sent abandonnée, triste, comme une loque fripée qui vieillira seule entourée de ses chats (penser à acheter des chats). Voire, dans les cas ultimes, on peut même aller jusqu'à se sentir déprimée.

À quoi bon commencer, puisque je sais, de façon certaine, que ça se terminera ?

On n'est pas mieux, tranquille, sans montagnes russes émotionnelles ?

Maaais si, ça se terminera. Évidemment.

C'est toujours le même scénario : on se rencontre, on se plaît, on se découvre, on se cherche, on se désire, on s'aime, on se chope, on s'habitue, on s'agace, on s'insupporte, on se sépare. Non, allez, je suis trop fatiguée pour refaire un tour de ce manège-là.

À moi la retraite (des sentiments) anticipée !

Il aura donc fallu rien de moins qu'un pompier

pour contrôler puis éteindre l'embrasement de mes convictions d'aigrie.

Avec une infinie douceur et beaucoup de psychologie, il est patiemment parvenu à décongeler mon cœur figé dans la glace, et à le faire battre à nouveau. Un exploit.

Depuis, nous avons échangé quelques baisers brûlants.


Hum, bientôt la fin ?

3

## Lou et Mina

*On ne peut donner que deux choses à ses enfants : des racines, et des ailes.*
Proverbe juif

Aujourd'hui, 18 heures.

Les lattes du parquet du salon craquent sous le poids d'une masse inconnue se déplaçant en mode furtif.

Sortant la tête hors de la salle de bains, j'aperçois ma gloutonne de chienne ramper sournoisement vers la table basse, tentant d'approcher son museau de l'assiette dans laquelle ont été abandonnées des miettes de cookies.

Il est moins une lorsque je hurle :

– MILKA, PANIER !!

Aussitôt elle fait demi-tour en trottinant, la queue basse, la moue piteuse mais l'œil brillant, l'air de dire : « Encore raté. Mais j'y arriverai, un jour, j'y arriverai ! »

Sa duplicité est telle que c'est à se demander pourquoi je me coltine un animal, alors que je crains d'avoir un ami mâle.

Peut-être devrais-je faire l'inverse, tout compte fait.

– T'as mis tes asperges ? me demande Lou, sur le seuil de pièce, pendant que je reprends mon maquillage.

– Mes quoi ?

– Tes lentilles.

Je me marre en étalant mon fond de teint. J'adore que mes filles inventent leur propre langage, au lieu de se servir bêtement dans les expressions stéréotypées lancées par les « jeunes de leur âge », comme je... le faisais à leur âge.

Pour elles, l'adolescence se pointe à grands pas. Déjà physiquement elles ont changé.

Surtout Lou. L'âge ingrat n'est pas une bonne façon de définir ce qui lui arrive, car ses cheveux bruns, très gras, luisent comme si elle se shampooinait à l'Isio 4. Ses dents définitives, à peine sorties, se retrouvent déjà coincées derrière les barreaux d'un appareil, et sur sa peau éclosent ces premiers boutons roses témoins de l'entrée dans le printemps de sa vie.

Je ne l'ai avoué à personne, mais ça me fait complètement flipper.

Aussi je guette chez elle les prémices de cette période synonyme de rébellion et de musique pourrie, avec l'angoisse de l'automobiliste perdu en pleine cambrousse, suspendu à son téléphone portable, qui voit poindre l'entrée d'un tunnel.

Si seulement mes nioutes pouvaient avoir la même adolescence que la mienne : pas de clopes, peu de flirts, habillée comme un sac qui se fout de la mode, toujours fourrée à la bibliothèque à dévorer des albums de bande dessinée ou des romans de science-fiction.

La fille parfaite (... ment soporifique, certes, mais parfaite pour ses parents. N'est-ce pas là l'essentiel, hum ?).

Un élastique au bout des doigts, je retiens mes cheveux emberlificotés que je rassemble en un chignon haut. Après quelques secondes d'évaluation dans le miroir, je choisis plutôt de les détacher. Je les secoue un peu, les ébouriffe, me scrute, soupire, et finalement les rattache.

– Je suis bien, comme ça ? je demande à mon public subjugué composé de deux minus.

– Ça dépend, tu vas où ? questionnent Mina et ses bouclettes, la plus minus du duo.

— Je vais à un cocktail. (Pose exagérée de mannequin prétentieux fixant un objectif invisible.)

— C'est pour ça que tu t'habilles en crevette ? lance-t-elle en faisant semblant de dépoussiérer mon haut rose.

— Meuh non... dis-je en pouffant. Je vais chez Hortense.

Lou pointe du pouce derrière son épaule.

— Hortense ? La voisine ? Tu te maquilles pour aller chez elle ?

— Oui. On sort ensuite dîner dehors avec quelques copines. On fête sa séparation définitive d'avec Marcelino.

— Ça se fête, une séparation ?

— Et pourquoi ça ne se fêterait pas ? C'est le début d'une vie nouvelle, et dans certains cas c'est même une libération.

— Hum... fait ma fille, intriguée.

Elle baisse la tête, et triture du bout de sa Converse un élastique tissé brun tombé par terre.

Posant le pinceau qui creusait mes joues au blush, je l'attrape doucement par les épaules.

Lou n'est pas encore aussi grande que moi. Elle rêve de me dépasser, mais pour l'instant neuf centimètres la séparent de la ligne d'arrivée du sommet de mon crâne.

Évidemment, devant son air songeur, je suis prise d'une brusque bouffée de culpabilité. Une de plus. Sous l'afflux de certaines pensées, il y a des femmes qui rougissent, moi il a fallu que ce soit mon corps qui réagisse. En me faisant mal.

Sans que je le fasse exprès, ma voix devient grave.

– Hey, mes poulettes... je suis désolée. Vraiment, les filles, je m'excuse d'avoir assombri votre enfance en vous donnant cette image de femme incapable de rester mariée...

Lou m'interrompt, lumineuse, rassurante comme l'adulte qu'elle n'est pas encore :

– Mais pas du tout, maman, ne t'excuse pas. Au contraire. Tu nous as donné l'exemple d'une femme qui refuse d'être malheureuse en amour.

– Oooh, mon chouminou... (pas les larmes, pas les larmes...) bon, bon. (Vite, changer de sujet.) Et quel autre exemple je vous ai donné, dites-moi ?

Deux battements de cils et mes yeux évacuent l'inondation qui pointait.

Elle réfléchit, mais c'est Mina qui la prend de vitesse et affirme :

– Tu nous as donné l'exemple d'une femme qui arrive à élever correctement ses enfants toute seule.

– Oooh… Vous m'avez beaucoup aidée…

Mon aînée reprend :

– Tu nous as montré comment être zen en cinq leçons…

– Ooooh…

– … et échouer à la fin, termine-t-elle en ricanant.

– Pff.

Mina continue :

– Tu nous as donné l'exemple que même les adultes ont le droit de flipper devant des films d'horreur qui font rigoler les enfants.

– Hein ? Où ça, j'ai flippé ? Mais pas du tout.

– Siii ! Un film avec Will Smith, en plus !

Ah non, on était bien parties, là. Elles étaient en train de m'admirer.

Je me racle la gorge pour prendre mon ton d'adulte-qui-sait-tout, et explique :

– Meuh non. C'est une grande qualité, au contraire, de savoir s'investir émotionnellement dans l'univers qu'un réalisateur talentueux nous propose en mettant en scène, dans une société post-moderne apocalyptique, une construction scénaristique remarquablement mise en valeur par un jeu d'acteur investi, et apte à réveiller ces sentiments qui nourrissent certaines parties de notre individualité traditionnellement en sommeil, comme l'étonnement, la stupeur, le vertige, le...

– Ah ! Ah ! Comment t'as crié en serrant ton coussin ! Lou et moi, on t'a vue !

– N'importe quoi. Je savais que vous me regardiez, c'était pour vous faire rigoler. Et puis cette scène avec le vampire ne m'a pas fait techniquement « peur », elle m'a juste fait sursauter.

– Ouaah, le faux vampire en images de synthèse, hou ! hou ! hou !...

Mes filles s'éloignent en imitant mon sursaut et le cri qui l'accompagnait, tandis que je tente d'enfiler mon vieux jean-étalon, celui que je portais il y a à peine quelques années de cela, et que depuis je garde précieusement dans mon placard avec l'espoir de parvenir à le remettre un jour.

Il n'y a pas que notre appartement, que j'ai eu besoin de relooker. Mon moi profond a également nécessité de grands travaux de ravalement. Dont je ne vois pas encore la fin.

Intérieurement, je grogne.

Bon, ça suffit les mauvais souvenirs. J'ai ma dose, hein.

## 4

## Rebecca

> *La nudité est une absence de vêtements qui ne manque pas d'effets.*
>
> Noctuel

**Le jour de mon dernier mauvais souvenir.**

Mon poing se tend brusquement vers son menton, dans un arc parfait.

Je n'ai pas cherché expressément à l'atteindre, mais c'est tout comme. Et il le sait.

La rage m'anime, une rage venue du fond des tripes.

Il s'approche, un sourire narquois aux lèvres, me contourne lentement tandis que je fixe un point invisible, droit devant moi.

Je sens son souffle sur ma nuque, qui me fait frissonner.

Il me murmure à l'oreille :

– Nulle, tu es nulle. Ma grand-mère vise mieux que toi.

J'articule à voix basse, sans desserrer les dents :

– ... Ouais, ben... hhh... ta grand-mère en string.

– Tu dis quoi, là ?

Arborant une moue insolente, je prononce, intelligiblement cette fois :

– Je dis que je suis amère de ce que tu fais à mon brushing.

Son sourire s'élargit, carnassier.

Il n'est pas dupe. Sans doute a-t-il très bien entendu. Mais il n'en laisse rien paraître.

De ses mains, il me fait « Viens ». Et au fond de ses yeux brillants d'une lueur ironique, je lis : « Viens là, si t'es un homme. »

Ses yeux si magnétiques. Même si à l'instant je voudrais voir leur azur auréolé de mauve.

Mais je suis épuisée, et il le sait. La sueur plaque des mèches de cheveux sur mon front. Je n'ai plus la force de me battre. Voilà, je dis stop.

Pourtant, il insiste. Il n'en a visiblement pas fini avec moi.

– Là, fait-il d'un index impérieux, m'ordonnant de m'abaisser à la place qu'il me désigne, c'est-à-dire à ses pieds.

– Écoute, non... on arrête, maintenant...

– Ne discute pas et fais ce que je te dis.

OK, je trouve qu'il va trop loin.

Fronçant les sourcils, bras croisés, buste redressé, j'éructe :

– Ho, calmos mon gars. J'ai dit que je voulais arrêter.

Il croise les bras aussi, et me toise, tête inclinée sur le côté, du haut de son mètre quatre-vingt-dix. Et dire que c'est moi qui ai choisi cet abruti.

– Je m'en fous, lâche-t-il, méprisant.

Je ressens soudain l'envie de tambouriner son torse avec mes petits poings. Bien sûr, je ne le fais pas.

– Je... je te grmbleste...

– Qu'est-ce que tu marmonnes, encore ?

– JE TE DÉTESTE !

En même temps, l'odeur de sa peau, que je perçois d'ici sublimée par la moiteur de la pièce, est grisante.

– Eh bien moi, je t'adore, lâche-t-il dans un grand éclat de rire.

Sa peau bronzée, l'ovale de son menton, les petites poches qu'il a sous les yeux, ses muscles galbés sous son tee-shirt déchiré...

Rougeaude, je me laisse tomber au sol, effondrée, vaincue, soumise.

Il s'accroupit à ma hauteur, et me contemple avec une fausse affabilité teintée d'une touche de sadisme. Dommage qu'il préfère les hommes, sinon je lui aurais sauvagement cassé la gueule à coups de bouche.

– Et c'est parce que je t'adore, ma petite Rebecca, que tu vas me faire un dernier quart d'heure de rameur. Minuscule, le quart d'heure, à peine quinze minutes. Tu me remercieras quand tu sentiras tes abdos ressusciter sous ta graisse.

Je souffle sur une mèche de cheveux qui ne bouge pas, alourdie par le litre de condensation de mes pores qui l'imprègne. Et aussi par la faiblesse de ma respiration, dont les dernières bribes d'oxygène sont tout entières destinées à permettre à mes organes vitaux de manigancer une vengeance.

– Si je… hhh… ne meurs pas d'épuisement avant. Hhh… hhhannn… Auquel cas je te remercierai en venant hanter ton sommeil… hhh…, et je ferai apparaître dans tes rêves David Beckham chauve et ventripotent, hhh… Mylène Farmer relookée par Daxon, et Susan Boyle nue… pppffiiouh…

– Vade retro, femellas ! Allez, au boulot. Vingt minutes sur la machine, et je te libère.

– On avait dit quinze !!

Mon coach se lève, arborant une petite moue contrite.

– C'était avant que tu ne me mettes dans la tête cette vision de Susan Boyle nue, brrr.

– Je te... hhh... hais.

– Tais-toi, et rame.

Andy programme d'un doigt expert le minuteur de l'engin de torture sur lequel je suis installée, et s'éloigne en gloussant.

Je suis sûre qu'il doit y avoir une clause, dans le contrat que j'ai signé avec ce club de gym, stipulant que les profs n'ont pas le droit de se gausser de la souffrance de leurs élèves.

Je pourrais lui faire un procès pour délit de gloussements tartes, à ce con.

Déjà qu'il reste insensible à mon charme pendant l'effort... Toute cette eau qui dégouline sur mon cou, ces roberts qui tremblotent, cette cellulite subtilement comprimée dans mon corsaire en stretch, c'est pourtant un peu sexy, non ?

Arg. Ma petite vanne réactive le souvenir de ce spectacle indécent que j'ai dû subir, comme chaque fois, tout à l'heure dans les vestiaires.

Oui, parce qu'il m'est difficile de croire que ce soit un privilège d'évoluer dans ce lieu absolu des fantasmes masculins. Surtout quand j'assiste à ce défilé de femmes à poil qui prennent leur temps pour passer leur tanga, de sexagénaires ridées de partout qui enfilent des dessous en tulle transparent, d'étudiantes qui n'ont pas compris dans quel sens il fallait épiler leur foufoune, de poitrines insolemment pendouillantes vers le bas, d'expositions impudiques de cicatrices, d'os saillants, de cellulite incrustée ou d'acné fessier.

Et vas-y que l'une tartine de crème hydratante ses pieds garnis d'une salade d'oignons. Et vas-y qu'une autre prend le temps de maquiller ses cils après s'être rincé le visage, debout devant la glace, sans se soucier de sa serviette nouée trop haut qui laisse entrevoir combien son cul est bas.

Eh, mais si j'avais eu envie de reluquer des femmes nues et imparfaites, j'aurais soulevé mon tee-shirt, hein !

Pourquoi à la fin de ma séance, en sortant de la douche, suis-je toujours la seule à plaquer ma grande serviette d'une main contre ma poitrine pour tenter, de l'autre, de remettre ma culotte à cloche-pied ?

Chaque fois, mon regard rebondit sur les murs comme une boule de flipper qui tenterait de s'échapper de la pièce. Ne pas mater, surtout ne pas mater ce qu'elles exhibent, même si c'est juste pour me rassurer en constatant qu'on peut être épanouie et bien dans une peau sillonnée par une carte routière de vergetures. Une vraie peau d'être humain normal, quoi. Avec son vécu, son âge, ses marques, son odeur, qui inspire le désir et l'amour.

J'ai tellement perdu l'habitude de contempler de vrais gens que dans ces cas-là je n'ai qu'une hâte : me jeter sur le premier magazine venu pour me rincer les yeux en fixant des photos retouchées.

N'empêche, avant d'intégrer cette usine à eau, je pensais naïvement que l'expression « se cultiver » signifiait lire des livres et visiter des musées. Et non pas faire pousser des muscles sous ma peau en les arrosant continuellement de sueur.

Sur la machine à ma droite, une fille dodue en tee-shirt parme me lance un regard solidaire, mâchoires serrées, visage crispé et luisant, l'air de penser « À quoi bon perdre notre temps à tenter de faire travailler des abdos qui n'existent pas chez nous ? C'est sans espoir. Si on avait eu la moindre trace d'un abdominal se baladant à l'intérieur de notre organisme, ça se serait vu. Je veux dire, à l'œil nu ».

Mais je refuse son fatalisme. Je glisse mes pieds dans les sangles, attrape la poignée que je tire vers moi, et lui renvoie un sourire éclatant et décomplexé. J'ai un objectif, et je m'y tiendrai. Que les choses soient claires, ce purée de jean passera le seuil de mes fesses, où il trépassera. Ma nouvelle silhouette va déchirer. (Au sens propre du terme, s'il le faut.)

... inspirer (ça, c'est fait)...

... souffler (jusqu'ici, tout va bien)...

... inspirer (ça devient un peu répétitif, comme exercice)...

... souffler (bon, je m'ennuie)...

... inspirer (et si je piquais un sprint jusqu'à la sortie ?)...

... souffler (pour ça il faudrait d'abord que j'emprunte une autre paire de poumons)...

... inspirer (des qui marchent. Non, des qui courent ! Wouaf ! wouaf !)...

... souffler (et l'autre protéiné du cuissot, là, qui me surveille. Vas-y, regarde, regarde)...

... inspirer (chef des galériens ! faux blond ! caricature de beau mec !)...

... souffler (tu ne m'impressionnes pas ! J'ai repéré tes dents à pivot !)...

Une petite tape sur mon épaule me fait me retourner.

C'est Séraphine, ma copine astrologue, éblouissante dans sa tenue de gym tendance, avec guêtres intégrées et bandeau pour retenir sa somptueuse chevelure noisette bouclée.

Quelques regards sont posés sur elle. Tout le monde connaît son visage car elle anime une rubrique quotidienne sur une grande chaîne nationale.

Moi je ne crois pas une seconde à ses prédictions, mais j'aime bien les livres qu'elle écrit. Elle cartonne avec des guides pratiques pour rencontrer l'âme sœur et faire durer son couple, alors qu'en réalité, elle vient juste de se faire larguer comme une merde par le père de ses deux gamins.

Ça aurait pu être la loose, mais non, il y a eu pire.


Le pire est que la France entière l'a su.

## 5

## Hortense

> *Le mariage est comme une place assiégée,*
> *ceux qui sont dehors veulent y entrer, et*
> *ceux qui sont dedans veulent en sortir.*
> Proverbe chinois

**Aujourd'hui, 19 heures.**

Il va falloir faire gaffe, n'empêche, et bien tenir la bride à la décharge émotionnelle que risque de provoquer ma conversation. Le moindre mot de travers, et l'ambiance pourrait exploser à tout moment.

Vu les filles qu'il y aura ce soir chez Hortense, ça risque d'y aller en déversements de morve, glandes lacrymales en mode turbo, et confessions si intimes qu'elles en frôleront les expectorations de bouts de myocarde.

Entre Colette, dont le mec s'est sauvé en emportant toutes ses économies, Séraphine, cocufiée publiquement, et Aminata, plaquée enceinte, je vois venir d'ici la folle soirée où on s'éclate (pas).

Et franchement, de quoi ai-je besoin, en ce moment, après une bonne journée passée seule, en tête à tête avec ma main qui dessine, ou avec mon fer à repasser qui repasse ?

Ou avec la caissière de la supérette qui balance sauvagement mes yaourts après les avoir scannés, et ne comprend pas que je lui demande d'être un peu moins brute, hein, parce que je n'ai rien contre les yaourts brassés, du moment que le brassage n'est pas dû à la force centrifuge de son absence de délicatesse, connasse ?

De quoi ai-je besoin, quand Lou rentre de l'école avec une mauvaise note parce qu'elle m'a encore menti en prétendant avoir fait ses devoirs, et que je sais que son père trouvera naturel de me dévisser l'oreille au téléphone comme si c'était moi qui avais rédigé son contrôle de maths ?

Quand Mina marche sur son appareil dentaire qu'elle a laissé traîner sous son bureau au lieu de le porter, et qu'il faut galoper chez le dentiste en refaire un qui me coûtera un rein ?

Ou quand la chienne se chope une gastro qui n'en finit plus, m'obligeant, pour nettoyer l'innommable, à mettre mes mains là où personne ne voudrait mettre les siennes dans ses pires cauchemars, et à récurer le sol plusieurs fois par jour à l'eau de javel, jusqu'à envisager, pour mettre fin à mon supplice, de la langer directement dans une serpillière ?

Je vais vous dire de quoi j'ai besoin.

D'une seule chose : me changer les idées.

Aussi, je m'interroge sur l'opportunité de le faire en passant la soirée au sein d'un club de célibataires blessées, qui risquent, en pressant le pus de leurs cicatrices infectées, de nous éclabousser, mes pansements propres et moi-même.

L'hésitation ne dure que quelques secondes, envie de sortir oblige. En ouvrant ma porte pour accueillir Séraphine, qui va m'accompagner, je m'aperçois que je n'ai pas besoin de me motiver longtemps. En ce qui la concerne, niveau changement d'idées, elle semble viser l'option ultime : le lavage de cerveau. Son ardoise à souvenirs, elle s'acharne pour le moment à vouloir la nettoyer à l'alcool. Grossière erreur. Personnellement je serais plutôt adepte de la thérapie par le rire complice. Et ce soir, ce sera l'occasion de lui prouver combien j'ai raison.

Une demi-heure plus tard, nous voilà confortablement installées sur le magnifique canapé drapé de soie vert anis d'Hortense.

Colette a finalement décommandé, préférant aller se changer les idées à la campagne avec sa sœur, quant à Aminata, son mec est revenu et ils fêtent leurs retrouvailles.

La maîtresse de maison est une petite bonne femme rousse, la peau couverte de taches de son, les cheveux raides au carré retenus par une barrette, qui exerce le noble, courageux et indispensable métier d'esthéticienne.

C'est courageux, parce qu'il faut en avoir, du cran, pour presser les points noirs d'un inconnu sans vomir, ou arracher d'un coup sec la toison intime d'une étrangère qui vous tend sa croupe pour se faire épiler intégralement, sans vous départir de votre petit sourire commercial face à l'œil de Moscou qui vous contemple.

Et c'est indispensable parce que sans elle, nous serions toutes hirsutes.

Son petit appartement est divisé en deux parties.

Une partie principale, la plus vaste, impeccablement rangée, propre, ou la seule poussière que l'on puisse déceler est celle que les visiteurs apportent sur leurs vêtements. L'autre partie est une zone sinistrée décorée à la mode post-tremblement de terre, circonscrite à la chambre de son fils unique de quinze ans, Fergus, sur laquelle Hortense a renoncé depuis longtemps à faire régner l'ordre.

L'adolescent tarde à rentrer. Nous avons prévu de sortir ce soir, mais sa mère ne bougera que lorsque son poussin sera arrivé chez lui, et bien rangé au chaud, en sécurité, bordé dans sa chambre. Et ça, c'est un truc que Séraphine et moi, mères poules aux dents de louves, pouvons parfaitement comprendre.

Je m'informe en décortiquant quelques pistaches qu'Hortense a disposées dans un ravier et servies sur la table basse :

– On va dîner où ?

– Je ne sais pas… pourquoi pas au petit italien, au coin de la rue ?

– Il est fermé pour rénovation.

– Pas grave, on en trouvera un autre. Allez, tchin ! lance Séraphine.

Nous levons toutes les trois nos coupes remplies de l'excellent champagne rosé que l'astrologue a apporté.

– À ma libération ! lance Hortense.

– À nos sorties de prison ! rectifie Séraphine.

– À notre plénitude retrouvée, à nos indépendances reconquises, et à cette nouvelle vie toute belle qui ne fait pour nous que commencer ! j'ajoute.

Purée, comment on est trop fortes en autoconsolation, n'empêche.

Nous entrechoquons nos verres, mais je sens sur moi le regard de Séraphine.

– Oui, enfin... pour toi, ça va quand même être plus facile, lâche-t-elle sur un ton faussement enjoué.

– Pour moi ?

Je repose ma flûte après avoir fait semblant d'y tremper mes lèvres. L'alcool est sur mon organisme aussi efficace qu'une goutte de détergent tombant sur une trace d'huile d'olive pour me faire passer d'un état à un autre. Efficace dès la première gorgée, pas besoin d'en mettre plus.

– Ben oui, tu as retrouvé l'amour avec Jules. (Petit rire dissonant.) Alors que nous, hein Hortense, on n'a personne.

Ce que je viens d'entendre me laisse pantoise.

– Et ?

– Et rien, je disais juste ça comme ça.

Elle boit une gorgée de bulles pétillantes, pose ses doigts sous le pied de son verre, puis, comme

si elle se souvenait d'une formule de politesse qu'elle avait oubliée, ajoute :
— Je suis super contente pour toi, tu sais.
C'est cela, oui.
Bon, puisqu'on est entre amies, je fais semblant de la croire.
— Merci, ma biche. D'un autre côté, c'est pas non plus comme si j'allais me remarier, hein.
Hortense rigole :
— Et pourquoi pas ? Qu'est-ce que tu en sais ?
D'un geste de défense, je balaie sa question.
— Quand on me parle de remariage, j'ai l'impression qu'on me propose une autre chute de cheval après celle que je viens de faire. Ça suffit les ruades, hein, c'est bon, j'arrête de monopoliser les salles des mairies pour y contorsionner ma liberté sur des canassons. Chaque représentation me coûte trop cher.
Cravachée par une jalousie dont elle n'a même pas conscience, Séraphine revient à l'assaut :
— En plus, il est vachement mignon, Jules. T'as de la chance.
Ah non mais là, j'ai limite envie de la gifler.
Me dire que j'ai de la chance juste parce que je me suis attrapée de force par les cheveux et jetée dans l'arène, courant le risque de me faire dévorer

par l'amour, quand elle ne rêve que de se venger, non.

Allez, mieux vaut me retenir de lui dire ce que je pense de sa réflexion de sale envieuse.

C'est vrai, quoi. C'est ma copine, après tout.

Hortense jette un coup d'œil à sa montre, fronce les sourcils, et prend une poignée de noix de cajou qu'elle picore en me demandant :

– En fait, j'ai pas bien compris ce qui s'est passé à la fin, entre Sébastien et toi. Pourquoi vous vous êtes séparés ?

– Pffffiouh... laisse tomber, c'est une longue histoire sans importance. On ne va pas en faire un livre non plus.

– Mais si, dis-moi, ça m'intéresse...

Brutalement, je décortique la coquille d'une autre pistache, en répondant :

– Qu'est-ce que tu veux que je te dise ? C'est fatigant de faire semblant d'être heureuse. On ne peut pas tenir toute une vie comme ça. Même les comédiens ont le droit de se démaquiller et de retirer leur costume après une représentation. Moi, mon costume mental, je ne le retirais jamais. Je parvenais à me convaincre que la pièce de théâtre dans laquelle je jouais mon rôle d'épouse était réelle. Et quand, parfois, quelques perspicaces pointaient du doigt les déchirures de mon déguisement et tentaient de m'alerter, je leur demandais de rester à leur place, de ne pas s'approcher de la scène, de se rasseoir sur le siège d'où ils ne verraient pas ces raccords grossiers, et de faire semblant d'y croire. Cela étant, je le répète, tout ça n'a aucune importance. On peut parler d'autre chose ?

Agacée, j'attrape ma flûte et la porte à mes lèvres, avant de réaliser mon geste et de la reposer lentement.

Ouf, il s'en est fallu de peu que la soirée ne dégénère comme la dernière fois.

La fois où nous nous sommes mis... voyons, quel est le terme exact, une murge ? une misère ? une mine ? La fois où je me suis laissé entraîner par mes copines poivrotes, pour célébrer ma liberté retrouvée en nous comportant en racailles. Bref, la fois où elles ont vidé deux bouteilles et où j'ai bu un verre et demi, et qu'on est descendues dans mon quartier déchaînées agresser des couples d'amoureux en pleine rue en leur balançant des boules de neige à base de riz cuit dès qu'on en trouvait qui commençaient à s'embrasser.

Pourquoi du riz cuit ? Je l'ignore.

Peut-être pour être sûres de ne pas les blesser ? Ils le seront déjà bien assez quand le soufflé de leur amour retombera – plop ! – une fois sorti du four de leur passion incandescente.

En tout cas, s'ils se marient, ils sont cuits. Un peu comme le riz qu'on leur lançait alors au visage, au lieu de ces hypocrites grains crus jetés sur le parvis de l'église. Tout un symbole.

Était-ce l'explication ? Je l'ignore. Quoi qu'il en soit, dans l'état où j'étais, je me souviens simplement qu'on avait du riz sous la main et qu'on ne l'a pas utilisé pour le mettre dans nos bouches à nous.

Séraphine se penche vers Hortense, et lui murmure à l'oreille :

– J'te raconterai, la pauvre...

Mais j'ai entendu.

– Où ça, la « pauvre » ? dis-je en éclatant de rire. Mais non, mais non... j'ai une chance folle. Juste après mon premier divorce, il y a eu les attentats du 11 Septembre. Persuadée qu'une Troisième Guerre mondiale allait se déclarer, j'ai commencé à chercher sur une carte dans quel pays je pourrais fuir avec mes nioutes. Après mon second divorce, on s'est mangé l'annonce épouvantée de l'épidémie de grippe A, ex-grippe H1N1, elle-même ex-grippe porcine, précédemment grippe mexicaine, avec des noms qui mutaient plus vite que le virus lui-même. J'ai dû courir me ruiner en masques, en litres de désinfectant et en gants en latex que j'ai stockés dans mes placards, prête à me calfeutrer sous mon lit avec, pour assurer la survie de mes enfants.

— Non ? fait Séraphine.

— Si. C'est cool, quand on y pense. Toutes ces fins du monde potentielles m'ont permis de relativiser de manière formidable mes petites catastrophes personnelles.

Hortense se frotte nerveusement la joue de la paume de sa main.

— T'as bien raison, de relativiser. Pfiouh, si je pouvais, je ferais pareil.

Retirant ses chaussures, elle ramène ses pieds sous ses fesses. Recroquevillée dans son fauteuil, elle ressemble à une petite fille perdue. En particulier ce soir, avec ses grands yeux bleus ourlés de sentiments à fleur de paupières.

Elle me touche, cette bonne femme, et elle m'agace aussi.

Je sais qu'elle tente de s'endurcir, depuis le temps que je la connais, mais elle a une façon de paniquer devant la moindre fausse note dans son quotidien réglé comme du papier à musique qui a le don de me rendre dingue. Je lutte farouchement contre les mêmes affolements qu'elle, et je mets un point d'honneur à les terrasser un à un.

D'accord, je n'y arrive pas toujours, mais au moins j'essaie. Et je voudrais qu'elle tente de faire pareil.

Pourtant cette fois, elle l'a fait.

Après des mois de doutes, d'espoirs invraisemblables, de trouille, de lâcheté et de faux prétextes, elle a enfin accepté de se laisser bouter hors de la vie de l'homme qui squattait la sienne. Marcelino, un professeur de français marié et père de famille, avec qui elle entretenait une liaison depuis presque deux ans. Deux longues années passées à espérer récupérer pour elle toute seule un type qui lui promettait, avec la conviction d'un politicien en campagne électorale, de quitter sa femme, prétextant qu'il guettait juste le bon moment pour ne pas traumatiser leurs enfants. Mais qu'en attendant ce jour prochain, il s'engageait solennellement, la main sur le cœur, à la combler sexuellement.

À la moindre tentative de protestation de sa part, elle s'entendait dire qu'elle manquait de patience, qu'elle était hystérique, qu'elle allait gâcher leur belle histoire d'amour, et par là même, gâcher sa vie, car lui seul pouvait lui apporter le bonheur qu'elle méritait, lui qui la connaissait si bien.

Et cette nigaude le croyait. Lui qui la manipulait si bien. Lui qui avait si bien su comprendre ses failles, ses attentes, ses faiblesses, qui avait si bien su implanter son petit virus pernicieux dans le disque dur de sa candeur pour en prendre totalement le contrôle, sans qu'elle ne s'en aperçoive.

Jusqu'au jour où la femme de Marcelino a téléphoné à Hortense, et lui a ordonné de quitter son mari, cet accumulateur compulsif de femmes qui venait à nouveau de la mettre enceinte, ce lâche, cet immature incapable de renoncer à sa vie de famille, mais dont elle ne divorcerait jamais car c'était une chose qui ne se faisait pas, chez elle.

Hortense lui a raccroché au nez, croyant qu'il ne s'agissait que d'un petit obstacle supplémentaire, qui ne faisait que retarder l'inéluctable.

Persécuté par son épouse, c'est alors Marcelino qui s'est vu contraint de la larguer.

Et elle s'est mise à le harceler.

Jour et nuit, pendant des semaines, elle lui a envoyé tellement de textos désespérés et suppliants que son opérateur téléphonique a failli lui couper la ligne, croyant qu'un routeur de spams l'avait piratée.

Compatissante, je lui attrape les mains qu'elle gardait, pendantes, entre ses genoux :

— Bon, ma poulette. Qu'est-ce que tu n'arrives pas à relativiser ? Sors tout, on va t'aider à trier, Séraphine et moi.

Je vois poindre des gouttes au bord de ses cils, son menton se chiffonner, attention, tous aux abris, elle n'arrive plus à se retenir, elle va faire pipi des yeux...

— Ben justement, tout. Tout ! se lamente Hortense. (Ses nerfs craquent, elle fond en larmes.) P... par où v... veux-tu que je commence ?

Moi (pressante). – Par où tu veux, lâche-toi, on est là...

Pour se donner du courage, l'esthéticienne attrape sa coupe, et la vide cul sec. À un moment, elle manque de s'étouffer, car un sanglot qui montait a croisé une gorgée qui descendait, mais finalement elle reprend de justesse le contrôle de son pharynx, dérape sur une quinte de toux, et dépose ses fluides respectifs sains et saufs à bon port.

Hortense. – Très bien. Ma vie est merdique. Mon fils, Fergus, est accro aux jeux vidéo et n'en glande pas une au lycée, ses résultats sont catastrophiques, je ne sais pas ce que je vais faire de lui...

Séraphine (second degré). – Dis-toi qu'au moins, tant qu'il est devant son écran, il n'est pas dans la rue en train de dealer de la drogue.

Hortense (plantant ses yeux écarquillés dans les siens). – C'est une réponse supposée me faire du bien, ça ?

Moi (cool). – Non, on veut juste que tu relativises ! Allez, continue.

La rouquine soupire, attrape un mouchoir en papier dans sa poche, et se mouche bruyamment dedans.

Hortense. – J'ai grossi, j'arrête pas de me goinfrer tellement je stresse.

Moi (docte). – Réjouis-toi. Tu te plaignais de ne pas avoir de seins, à la place tu auras un joli petit cul rebondi.

Hortense (fronçant les sourcils). – J'ai des copines stupides...

Moi (en lui mettant une tape sur le genou). – ... mais qui t'aiment.

Hortense. – Je me sens vieille et moche.

Séraphine. – Bouche-toi le nez, alors.

Hortense. – J'ai pas l'énergie de rencontrer quelqu'un d'autre...

Moi. – Pas de problème, laisse ce quelqu'un d'autre te rencontrer.

Hortense (*drama queen*). – On devait faire une petite fille ensemble ! Il me l'avait promis, j'avais déjà choisi le prénom !

Moi. – Il voulait surtout te laisser l'élever seule... on ne fait pas un gosse avec un irresponsable. Jamais, jamais. N'oublie pas qu'un mec, tu peux t'en séparer, mais que tu devras subir toute ta vie le père de ton enfant. Alors choisis bien tes ex.

Hortense (énervée). – Mais merde à la fin, il m'a trompée en me disant qu'il m'aimait !

Moi. – Non, c'est toi qui t'es trompée en le croyant.

Hortense (le regard vide). – Il m'aimait tellement, je le sais, au fond... tout ça, c'est à cause de cette salope de bonne femme jalouse qui lui a mis le grappin dessus.

Moi. – Qui ça, sa femme ?

Hortense. – Oui, c'est pour elle qu'il est parti.

Moi. – C'est chez elle qu'il est resté, tu veux dire.

Hortense (sans m'écouter). – Mais je me sens tellement... vulnérable sans lui, je suis incapable de me défendre toute seule. Tiens, la semaine dernière, un plombier a bidouillé un tuyau qui fuyait, dans les toilettes. Il ne touchait pas à ce que je lui avais demandé de réparer, alors je le lui ai fait remarquer. Tu sais ce qu'il m'a répondu ? « Ne me demandez pas de vous expliquer ce que je fabrique, vous ne comprendriez pas. D'abord, ce n'est pas votre métier, ensuite vous êtes une femme. » Ce à quoi je rétorque, hors de moi : « d'accord » sur un ton poli. Non mais tu te rends compte ? Marcelino, si j'avais pu lui téléphoner, serait venu illico et lui aurait cassé la gueule !

Je hausse les épaules, et me dis qu'on en est finalement toutes un peu là.

À douter de notre capacité à pouvoir nous en sortir seules. Mais que si on trouve une certaine complaisance égoïste à s'apitoyer sur nous-mêmes en attendant des autres qu'ils nous plaignent, ce n'est pas une raison pour laisser ces autres nous casser les pieds en faisant pareil.

C'est vrai, quoi.

Est-ce qu'une maman réclame à son fils de quatre ans de la consoler, après qu'elle l'a apaisé et qu'il s'est assoupi ? Non. Et pourtant, ses problèmes de licenciement ne sont-ils pas plus importants que de bêtes craintes de monstre caché sous un lit ? Pas pour le gamin. Seulement, ce soir, j'ai rangé mon costume de mère dans un tiroir. Et devant l'adversité, nous sommes toutes de petites gamines.

– Relativise, bordel. Marcelino ne lui aurait jamais cassé la gueule. Je te rappelle que quand un automobiliste l'insultait en voiture, sa réplique favorite était de remonter à toute allure sa vitre.

Ensuite, ben quoi, ce type t'a traitée de femme parce qu'il possède l'immense capacité intellectuelle de savoir changer un joint ? Toi tu peux fabriquer un être humain tout entier dans ton ventre, quand lui n'y fabriquera jamais autre chose que des gaz. Alors qui devrait se sentir inférieur à l'autre, honnêtement ?

À défaut d'acquiescer, Hortense fouille encore dans sa tête, car il y a forcément d'autres raisons de déprimer.

Ce n'est pas possible autrement, ce serait trop facile si ses problèmes pouvaient être résolus par deux ou trois bonnes paroles réconfortantes, ça signifierait qu'elle aurait trait ses glandes lacrymales pour rien.

Et Hortense n'aime pas le gâchis.

– Ah, et puis j'ai plus de sous. Entre le nouvel ordinateur que j'ai offert à Fergus pour son anniversaire, la fameuse réparation du tuyau qui m'a aspiré le porte-monnaie, et celle de ma voiture qui tombe en ruine, je suis aussi à sec qu'un nettoyage au pressing.

Un coup de raquette renvoie, à nouveau, la balle dans le bon côté du court.

Séraphine. – OK, ça va être serré pour toi un petit moment, mais tu as toujours l'appart dont tu es locataire, donc un toit sur la tête, et surtout, tu es autonome financièrement. C'est inestimable. Sans lui, tu n'es pas démunie.

Hortense. – Oui, quand j'y pense, heureusement que je n'ai pas quitté cet appart... vous vous rendez compte ? Il voulait que j'aille m'installer sur une péniche. C'était son rêve d'enfant, les péniches. Il m'assurait qu'il m'y rejoindrait bientôt, que ce serait notre petit nid d'amour.

Moi (taquine). – Une quoi ? Une bonniche ?

Hortense. – Non, non, une péniche.

Moi. – T'es sûre qu'il ne t'a pas traitée de godiche ?

Hortense (après quelques secondes de réflexion). – Non, non, j'en suis sûre, il a bien dit le mot « péniche » (son menton se remet à trembler)... Pourquoi il a changé d'avis sur notre histoire, hein ?... Je n'en dors plus la nuit...

En parlant de nuit, c'est à la nôtre qu'elle va nuire si elle ne tente pas dès maintenant une manœuvre de redressement de ses émotions. Parce que là, on file droit vers le naufrage de cette soirée qui risque de s'échouer sur les récifs de ses récits. Elle oublie un peu vite qu'on est toutes dans la même galère.

Moi (catégorique). – Allez ma grande, embraye. Ne fais pas du surplace. Te séparer de lui a été comme de t'arracher une dent moisie. Est-ce que tu as la nostalgie de ta dent moisie ? Est-ce que tu la regardes avec émotion en te disant qu'il n'y a pas si longtemps encore, elle était dans ta bouche, que désormais vos chemins vont se séparer et qu'elle va suivre sa route au loin, vers la poubelle ? Non, hein. Alors bien sûr, une fois l'anesthésie passée, tu as mal au trou laissé dans ta gencive. Bien sûr, tu saignes un peu, c'est impressionnant, tu montres ton mouchoir imbibé aux autres, qui font « oh ! », en te consolant. Bien sûr, tu peux même te sentir un peu triste, si ta dent moisie te rappelle combien tu étais contente de la trouver, il y a quelques années, pour mâcher tes aliments. Mais les jours vont passer, le trou se résorbera, ta gencive cicatrisera à une vitesse folle, et bientôt, oui bientôt, fleurira à cet endroit une nouvelle dent, couronnée de succès, belle, solide, intacte, et vous vivrez ensemble de belles aventures sans douleur.

J'ai parlé sans m'arrêter, je reprends mon souffle. Après cette tirade magnifique, je m'attends au minimum à des acclamations. Elles ne tardent pas.

Hortense prend le temps de la réflexion, et conclut :
— Tu me rappelles qu'il faut que je range sa brosse à dents électrique qui est encore dans la salle de bains.

Séraphine. – Et moi tu me rappelles que j'ai la dalle. Bon, il fait quoi Fergus, on y va ou quoi ?

Hortense. – Attends, je lui passe un coup de fil.

Séraphine. – Il est où ?

Hortense. – Dehors, avec un copain.

Elle se lève, attrape son portable, et découvre qu'un texto est arrivé, disant : *J rentr + tar ne maten pa slt*. Agacée, elle tente de téléphoner à son fils pour lui rappeler sa soirée à elle, mais tombe sur sa boîte vocale.

Hortense. – Bon, ben je crois qu'on n'a pas trop le choix, moi je ne sors pas tant qu'il n'est pas rentré. Je propose qu'on reste ici et qu'on commande des sushis… Ça vous va ?

6

## Séraphine

> *L'ennui avec les interviews, c'est qu'il faut répondre du tac au tac à un journaliste tout ce qu'on n'a pas su se répondre à soi-même toute sa vie.*
>
> Quino, *Mafalda*

**Le jour où Séraphine s'est pris la loose devant la France entière.**

Installée dans son moelleux canapé de velours doré, Séraphine observe la journaliste, une trentenaire blonde aux mèches caramel, portant une veste cintrée, un jean serré et une paire de *low boots*.

La femme relit ses questions, concentrée sur son carnet, assise jambes croisées sur la chaise face à elle. Les lèvres figées dans un sourire avenant, vêtue d'une robe cache-cœur noire qui révèle généreusement sa poitrine, Séraphine ramène machinalement ses boucles brunes en arrière. Debout, à sa gauche, un caméraman les surplombe. Le but sera de l'ignorer, pour avoir l'air le plus naturel possible à l'écran. Ça, Séraphine sait faire.

Elle parvient même à l'oublier lorsqu'il manipule longuement l'échancrure de son décolleté, au travers duquel il fait passer l'émetteur portatif, qu'il fixe ensuite à la ceinture de sa robe. Puis il clippe le micro au creux de son bustier, et son geste dure à peine quelques secondes de trop.

Lorsque leurs yeux se croisent, les joues de l'homme s'empourprent, mais elle ne cille pas.

— Tu es prêt, Franck ?

— OK pour moi, dit l'homme, muni d'un casque audio, le regard rivé sur l'écran de son appareil.

La journaliste tousse dans sa main, se détend, et sa voix s'adoucit aussitôt.

— Séraphine Picard, bonjour.

— Bonjour Hélène, répond Séraphine d'un ton assuré, sans se départir de son sourire Mona Lisesque.

— Nous sommes ici chez vous, dans votre appartement parisien, où vous avez eu la gentillesse de nous recevoir pour répondre à l'interviewphare de notre émission *Trois questions pour tout savoir.*

Séraphine opine du chef en pinçant les lèvres, pour accentuer son sourire sans ouvrir la bouche. Ses mains sont croisées devant elle, dans une attitude sereine et bienveillante.

Elle attend la suite, sans grande surprise. Elle sait déjà de quoi il va s'agir, les questions se suivent et se ressemblent, depuis le temps.

La journaliste biffe une mention sur son carnet, et tire sur la manche de sa veste avec inélégance. En réalité, elle pourrait tout aussi bien se curer la narine jusqu'au sinus, personne n'y verrait rien car elle est hors champ.

– Séraphine Picard, préférez-vous que l'on vous présente comme « la star des astrologues », ou bien « l'astrologue des stars » ?

Et voilà, se dit ma copine. Encore une question à la con. Surtout, maintenir son sourire bien vissé jusqu'aux oreilles, et trouver une réponse spirituelle. Ou plus exactement, retrouver une vieille saillie spirituelle, pour répliquer du tac au tac.

– Vous savez, les stars, par définition, ce sont les étoiles. En l'occurrence ce sont elles, les vedettes, moi je ne suis que leur humble messagère.

Et d'une. Si ce n'était l'imminence de la sortie d'un nouveau livre, elle ne se serait pas imposé ce qu'elle considère comme une corvée. La promo, c'est pour elle comme un mauvais médicament à avaler. Il faut juste en passer par là pour soigner la médiatisation de son bouquin.

— Séraphine Picard, vos guides pratiques pour optimiser sa vie amoureuse par l'astrologie connaissent un franc succès. En particulier vos titres les plus récents : *Pourquoi Saturne pas rond dans notre couple ?* ; *Parle à ma Lune, ma tête est malade* ; *Chéri, Orion-nous besoin d'un peu d'Espace ?* ; et le best-seller que tout le monde connaît, *Grâce aux Astres, l'amour ne sera plus jamais un désastre*.

Elle acquiesce en pensant en son for intérieur : « Tu parles, Charles, comment j'aurais dû réfléchir avant d'épouser un Gémeaux. »

La journaliste continue :

— De quelle manière parvenez-vous à définir avec autant de précision les caractéristiques et les affinités d'une population qui ne peut pourtant pas, diront les esprits sceptiques, se résumer à douze signes astrologiques ? Vous y mettez surtout une solide part de psychologie et de conseils de bon sens, non ?

Le chat Lom s'approche, et se frotte contre la jambe de sa maîtresse en faisant le dos rond. Elle le chasse d'un coup de mollet nerveux.

Un nuage passe devant le soleil, masquant les rayons qui inondaient de lumière les carreaux des fenêtres de son salon. La pièce plonge soudainement dans une étrange obscurité, rendant l'atmosphère oppressante, presque angoissante.

– Vous voulez savoir ? Vous voulez vraiment savoir ?

– Oui.

Doucement, Séraphine lève son menton vers la journaliste.

– Je vais vous dire mon secret.

Elle se penche en avant.

– D'accord, souffle Hélène.

Grande inspiration, le regard de l'auteur se plante dans le sien.

– Je vois des sentiments qui sont morts.

Silence.

– Dans les étoiles, vous voulez dire ?

Séraphine fait non de la tête.

– Comme ça, sans support ?

Séraphine fait oui de la tête.

– Vous voyez des sentiments morts... quand les relations sont finies ?

— Non, les sentiments vont et viennent, dans la vie quotidienne, dans les habitudes. Ils ne savent pas qu'ils sont morts.

— Et... vous en voyez souvent ?

— Tout le temps. Il y en a partout. Vous gardez ça en off, hein ?

La journaliste acquiesce, se gratte le nez, étudie ses notes. Elle semble tout à coup légèrement embarrassée.

— Et bien sûr, vous y croyez ?

Déstabilisée, Séraphine penche la tête, comme si faire basculer son cerveau vers la droite lui permettait de mieux comprendre le sens de sa question.

— Eh bien... évidemment que j'y crois. C'est mon métier depuis des années...

La blonde échange un rapide coup d'œil avec son caméraman, avant de reprendre la parole.

— Séraphine Picard, vous avez quarante et un ans, vous êtes maman de deux enfants de seize et dix-sept ans, et vous êtes mariée depuis dix-neuf ans avec un homme d'affaires renommé. Comment avez-vous réagi lorsque la presse a révélé que votre époux avait une liaison ?

La stupéfaction de l'astrologue est telle que, malgré l'impitoyable sang-froid mêlé de flegme dont elle sait faire preuve en toutes circonstances, ses pupilles se dilatent comme sous la giclée d'un collyre au venin.

*Dans la presse ?! Quelle presse ?*

Professionnelle jusqu'au bout des griffes, elle retombe sur ses pattes, éclate d'un rire qu'elle espère pas trop forcé, et prend le ton le plus détaché pour répondre :

– Visiblement, ce n'est plus un secret. Cyriaque et moi nous sommes séparés il y a peu de temps. Je l'ai quitté voilà quelques mois. Pour un autre homme. L'Amour avec un grand A, vous comprenez. Le genre de passion foudroyante et impérieuse qu'il faut vivre au moins une fois dans sa vie. De toute façon, Cyriaque et moi savions dès le départ que nous ne vieillirions pas ensemble. Je l'avais lu dans le Ciel, je l'avais averti il y a des années de cela, il ne pouvait en être autrement. Ce ne fut une surprise pour personne.

Et, au cas où la journaliste n'aurait pas très bien compris, elle ajoute :

– Il était prévenu.

La blonde tort sa bouche en une mimique pas très convaincue.

L'épouse bafouée, sous un masque d'apparente décontraction, bouillonne intérieurement.

*Ho, morue, depuis quand les journaleux sont sup-*

*posés donner leur avis, là ? Tu poses tes questions, j'y réponds, et basta. Enchaîne.*

Alors, la fille fait un truc totalement inattendu. Elle fouille dans son sac, en sort un magazine people publié le jour même, ouvert à la bonne page, et le lui tend. Pointant du doigt un passage souligné au Stabilo, elle insiste :

– Pourtant, dans cet article, il est écrit que c'est lui qui vous a quittée pour s'enfuir avec cette très jeune actrice, là. D'ailleurs sur la photo on les voit même s'embrass...

Les doigts de Séraphine sont si douloureusement serrés qu'elle s'attend d'une seconde à l'autre à une rupture de phalanges si elle ne relâche pas la pression. L'ennui, c'est que si elle la relâche, les phalanges en question iront directement s'écraser sur les mandibules de l'intervieweuse. Et ce serait vraiment dommage de passer au *Zapping* pour si peu.

Elle l'interrompt :

– Bah... les journalistes brodent ce qu'ils veulent pour faire du remplissage, vous savez ce que c'est. Quant à cette photo, elle est parfaitement légitime. Dans mes livres, j'explique très clairement ce lien quasi mystique qui unit l'orgueil masculin avec sa quéquette. Mon mari souffre de me savoir libre et offerte à un autre. Tout cela n'est finalement que de la thérapeutique...

– Et donc, vous...

– Ah ! Le principe de votre émission n'est-il pas de ne poser QUE trois questions à votre invité ? Ah-ahh ! Attentiooon, je veille-je veille !

– Eh bien, Séraphine Picard, merci de cet entretien. Je rappelle le titre de votre nouvel ouvrage, à paraître demain : *Les hommes viennent de Mars, et parfois ils feraient mieux d'y rester*, et c'est aux éditions Calmann-Lévy.

À peine la porte de son appartement s'est-elle refermée derrière eux que le sourire affable de Séraphine s'efface net. Elle se précipite vers son portable.

Il lui faut une minute pour le localiser, une minute pleine et entière pendant laquelle elle hurle comme une furie en cavalant à travers les pièces, investissant les replis des vestes qui gisent sur le lit de sa chambre, secouant les coussins du canapé, sous le regard d'un chat noir imperturbable qui se lèche consciencieusement l'entrejambe, comme pour lui signifier à quel niveau se situe l'intérêt qu'il porte à ses problèmes maintenant qu'elle lui a servi son Sheba.

À bout de nerfs, elle finit par faire ce que nous faisons toutes : elle se jette sur son téléphone fixe pour faire sonner son mobile.

Aussitôt, une petite musique agaçante retentit depuis la poche de la robe qu'elle porte, lui faisant lâcher une bordée de jurons.

Hors d'elle, elle saisit l'appareil si brutalement qu'elle manque de déchirer son vêtement, et sélectionne mon nom dans le menu. Les deux premières fois, elle se trompe de touches et raccroche sauvagement au nez d'un certain Rémi et des renseignements.

La troisième fois je décroche, et son sang est en ébullition tandis qu'elle me mitraille :

– La (biip) de sa (biip) la (biip), tu ne devineras jamais ce que cet (biip) de fils de (biip) de Cyriaque m'a fait ?? IL M'A HUMILIÉE !! JE VAIS LUI FAIRE BOUFFER SES (BIIP) À CE (BIIIIP) !!

# 7

# Rubis

*Ma femme a un signe de terre. Moi j'ai un signe d'eau.*
*Ensemble, on fait de la boue.*

Henny Youngman

**Aujourd'hui, 20 heures.**

Fouillant dans le petit tas de prospectus qui traîne sur le meuble de l'entrée, près du grand miroir, Hortense finit par trouver le menu qu'elle cherchait. Elle nous l'apporte en le secouant triomphalement.

Hortense. – Tenez, choisissez ce que vous voulez, dit-elle en me le tendant.

Je le fais passer à Séraphine tout en lui demandant si elle n'aurait pas dans ses placards des feuilles d'algues nori.

Moi. – Comme ça, on pourrait fabriquer des sushis nous-mêmes, non ? Ce serait marrant, et plus économique.

## SOIRÉE SUSHI

Hortense. – Je constate que tu as oublié ce qui s'est passé la dernière fois qu'on s'est amusées à cuisiner japonais. Alors ce sera sans moi...

Mes souvenirs affluent, d'un coup, avec netteté.

Ah mais oui ! La bataille de boulettes de riz cuit en pleine rue. Ça me revient, maintenant. C'était une soirée sushi chez Hortense qui a dégénéré...

On est folles, quand même.

Séraphine. – Alors pour moi, ce sera... tu notes ?... une paire de sushis au saumon, une paire de sushis au tarama d'oursin, un yakitori noix de Saint-Jacques, un yakitori poulet, un temaki crevettes-avocat, une salade aux algues wakame et... prends-moi une soupe miso, aussi.

Hortense (qui écrit ce qui lui est dicté au dos de son *Télé 7 Jours*). – OK... ce que je vais prendre moi, je n'ai pas besoin de le noter, parce que c'est déjà dans ma tête. Et pour toi Rebecca ?

Moi. – Moi j'adore les sushis, mais sans poisson cru. Alors je vais prendre...

Séraphine. – Donc tu n'aimes que le riz ?

Moi. – Non, ce sont les baguettes, que j'aime. Donc je disais... prends-moi s'il te plaît un maki concombre, un maki california avocat-surimi avec double dose de graines de sésame, un maki rouleau de printemps végétarien mais sans menthe, le tout sans wasabi et sans gingembre, avec de la sauce soja sucrée et surtout pas salée, une salade de choux et... oui... et un thé vert, mais avec une paille.

Hortense. – Prends le gingembre, je le récupérerai.

Moi. – D'accord seulement fais gaffe, il paraît que c'est aphrodisiaque.

Hortense. – Donc je note « ... sans wasabi, mais avec double dose de gingembre... ».

Hortense termine de tout inscrire et s'éloigne pour téléphoner au restaurant situé en bas de chez elle.

Séraphine, qui a retiré sa veste, défait les lanières de ses hauts talons et masse rapidement la plante de ses pieds endoloris avant de les poser sur la moquette moelleuse. Elle a raison, autant se mettre à l'aise, puisqu'on ne sort pas ce soir. Je dégrafe donc discrétos le bouton de mon jean.

Nous sommes bien, dans ce salon aux couleurs gaies et à la décoration soignée.

Seule une petite lampe nous éclaire, diffusant dans la pièce une lumière tamisée, tandis qu'une multitude de minibougies parfumées disposées sur la grande table projettent contre les murs des rayons de douceur. Leur parfum aromatise la pièce de fragrances entêtantes, et leurs feux donnent au bonsaï posé sur la bibliothèque des allures de géant.

La télé est éteinte, le seul bruit qui émerge est le fracas de la nuit qui tombe.

Malgré le tourbillon des sentiments que nous affrontons, je crois que nous sommes aussi détendues ce soir que de la pâte à modeler posée sur un radiateur allumé.

La porte sonne. Hortense, qui vient de terminer de passer sa commande, va ouvrir.

C'est Rubis, sa sœur, qui débarque à l'improviste et déboule tout excitée dans le salon, tenant un magazine people à la main.

Rubis est une petite blonde fessue, au début de la trentaine, les traits épais, sans grâce, mais l'expression du visage pétillante de bulles de joie de vivre qui l'illuminent et la rendent presque jolie. C'est également la fille la plus décomplexée que je connaisse.

Accro aux hommes comme d'autres sont accros au chocolat, elle ne se prive ni des uns, ni de l'autre, qu'elle consomme avec volupté autant que compulsion.

Ce soir, les petits bourrelets de son ventre sont mis en valeur par un top trop étroit, et elle porte un jean qui moule son imposant arrière-train, laissant apercevoir un string rose qui en dépasse comme pour crier « Au secours ».

Rubis (surprise). – Oh, vous êtes toutes là ? Je passais en coup de vent, je voulais juste montrer à ma sœur...

Séraphine (blasée). – ... le reportage photo révélant la raison de ma présence à vos côtés.

Hortense (visiblement gênée). – Tu restes manger avec nous ? On vient de commander des sushis, mais je peux rappeler le restaurant tout de suite, si tu veux.

Rubis. – Non merci, j'ai déjà dîné. (Se tournant vers l'astrologue.) Donc c'est elle, la nouvelle meuf de ton mari ? Elle a des jambes...

S'asseyant près de moi, elle se perd dans la contemplation de la photo pleine page qui représente le mari de Séraphine roulant une pelle à une autre que Séraphine. Je lui mets un coup de coude dans ce que je localise comme étant ses côtes, ce qui lui fait réaliser son manque de tact.

Rubis (dans un sursaut). – ... com-plè-te-ment infiltrées de cellulite. Surtout autour de l'os, je trouve. Et ce microshort qui lui rentre dans la raie, hou ! Atroce. (Elle fouille le texte du regard.) Comment il l'a rencontrée, dis-moi ?

Séraphine rejette sa tête en arrière sur le dossier de son fauteuil.

— Un banal coup de foudre dans une parfumerie. Elle lui a pschitté un coup de spray dans les pupilles sans le faire exprès, il l'a invitée à boire un verre en jouant les aveugles jusqu'au bar, et quand il a ouvert les yeux, c'était elle, la femme de sa vie.

Rubis (pensive, fixant la photo). — Humm… et tu crois que ça va durer entre eux, ou il va bientôt redevenir célib' ?

Séraphine (cinglante). — C'est pour un sondage ?

Rubis (souriante). — Ah non, c'est juste pour coucher avec lui.

Je lâche le programme télé, ouvert à la page mots fléchés, sur lequel j'étais en train de griffonner des moustaches et une barbe à l'actrice dont il fallait retrouver le nom, prête à assister au cassage de dents de l'impudente dragueuse boulimique.

Mais pas besoin. Séraphine reste calme. Si ce n'était la lueur démente qui brille dans son œil, je la trouverais même légèrement flegmatique.

Séraphine (les mains croisées l'une sur l'autre). — Il te plaît, mon mari ?

Rubis (culottée, se penche pour rectifier la boucle de son escarpin, en la regardant droit dans les yeux). – « Ex »-mari. Pas exactement mon type, mais comestible...

La tension entre elles est palpable. Hortense, qui envoyait un texto à son fils, ouvre la bouche pour intervenir, mais sa sœur part soudain dans un éclat de rire qui ressemble au bruit que fait une balle de ping-pong quand elle rebondit plusieurs fois très vite sur une table.

Un bruit qui donne envie de la smasher.

Rubis. – Relax, Séra. Il ne m'intéresse pas, ton mari. Allez, détendez-vous, les filles, qu'est-ce qui se passe ? J'arrive, et vous faites toutes la gueule. Vous avez perdu quelque chose ?

Hortense baisse la tête un instant, ne pouvant réprimer une bouffée d'accablement.

Moi (avec un sourire triste). – Oui, nos illusions sur les hommes...

Rubis. – Hum...

La blonde pulpeuse habite dans un petit studio, situé au troisième étage de notre immeuble. La journée, elle travaille dans un service de maintenance informatique, au sein d'une équipe composée en quasi-totalité de mâles ayant plus fréquenté les machines que les mesdames, qu'elle allume avec ses tenues trop serrées aussi facilement qu'on pousse le bouton de connexion d'un modem. Elle règne sur son harem de geeks pour s'amuser, mais, peu attirée par l'inconsistance des plats lyophilisés proposés au bureau, elle choisit sa pâture parmi le reste de la population, avec une prédilection particulière pour, eh bien, tout le monde.

C'est une épicurienne pour qui la séduction est un jeu, la liberté une religion, et la notion d'engagement un ballon de basket de kryptonite.

Rubis repose son magazine, se lève, et se dirige, très à l'aise, vers la cuisine de sa sœur. Elle en ressort avec un pot de pâte à tartiner et une cuillère à café. S'affalant à nouveau dans le canapé près de moi, elle dévisse le couvercle, crève d'un petit coup sec de l'index l'opercule métallisé qui protégeait son stimulateur d'endorphines, se lèche le doigt qui a touché le produit, puis introduit sa cuillère dans le récipient, avant de la plonger avec une délectation sonore dans sa bouche.

Elle décolle son palais soudé un instant par la bouchée de pâte brune, et explique :

– Hum... Vous êtes malheureuses à cause des hommes ? Faites votre autocritique, un peu.

Moi (qui louche sur le va-et-vient de sa cuillère). – Hein ?

Rubis (haussant les épaules). – Vous ne les choisissez pas, vous les idéalisez. Normal que vous tombiez de haut. Vous en attendez trop, alors que les mecs arrivent tous avec leurs casseroles, souvent mal nettoyées. Donc forcément, c'est pas évident pour vous de faire votre petite tambouille dedans.

Sa sœur s'agace.

– Pff, toi et tes images de bouffe...

Rubis lui lance un sourire radieux, les dents barbouillées de chocolat.

– Je peux comprendre que ça te frustre d'entendre parler de bouffe, toi qui te cantonnes aux sushis pour garder la ligne, et qui passes à côté de hum... (elle reprend une cuillère de pâte à tartiner)... certains plaisirs de la vie. Laisse-moi dans ce cas employer d'autres paraboles.

Elle pose son pot sur la table basse, mais garde en main la cuillère pleine à ras bord de pâte gluante, qu'elle suçote doucement.

Rubis (croisant les jambes). – C'est simple. Plus on avance en âge, plus les mecs que l'on rencontre sont marqués par leurs expériences précédentes. Un peu comme si, quand la relation commençait, il nous fallait désinstaller de leur disque dur certains logiciels périmés pour en installer de nouveaux, les nôtres. Gare, du coup, aux problèmes de compatibilité. Ne rêvez pas, le formatage complet de leur cœur est illusoire. Un homme qui se dit neuf et prêt à recevoir toutes vos données est un fake. Ce n'est ni plus ni moins que du hameçonnage pour vous attirer à lui, et, une fois qu'il aura pénétré vos fichiers intimes grâce au firewall que vous aurez imprudemment baissé, surgiront d'un coup des applications malines que vous ne soupçonniez pas.

Séraphine. – J'ai rien capté.

Moi (intéressée). – Il me semble avoir reconnu le mot « compatibilité »…

Rubis (pose sa cuillère près du pot, après l'avoir soigneusement léchée). – Vous me direz, dans ce cas, mieux vaut se prendre un modèle plus récent. À cela je répondrai pourquoi pas, si on est prête à se cantonner à une console de jeux. Alors certes, vous argumenterez que quand on bute sur des logiciels de touches et de retouches photo hyper-compliqués à manipuler, on vise à se rabattre sur un produit à l'interface simplissime. Mais franchement, a-t-on vraiment envie de faire de la peinture numérique à l'eau avec un homme qui n'est pas notre fils, quand on frôle la quarantaine ? J'en doute.

Séraphine (lasse). – J'ai toujours rien capté.

Moi (la main soutenant mon menton). – Et donc, l'idée générale selon toi ?

Rubis (docte). – C'est qu'il faut chercher chez l'homme que l'on rencontre l'icône indiquant qu'il est prêt à ce que l'on devienne la sienne.

Hortense. – Allumée, l'icône. Comme toi, quoi.

Rubis se marre, pas vexée pour un sou. Sa sœur et elle s'adorent mais leurs personnalités trop différentes les privent d'une complicité réellement fusionnelle. Hortense, sous ses mèches rousses, est aussi inquiète et maladroite que sa sœur blonde est inconstante et droit au but.

Rubis (sur le ton de l'évidence). – Mais avant ça, les filles, il vous faut entreprendre une vraie défragmentation de votre PC pour comprendre ce qui a buggé.

Moi (élève zélée). – Par PC, tu veux dire quoi ? Petite Culotte ?

Rubis (en touchant ses cheveux). – Non, je veux dire Psychologie Comportementale. Ou Profil Catharsis, si tu préfères.

Séraphine (qui lève les yeux au ciel). – Est-ce que quelqu'un peut me dire pourquoi, quand cette fille parle, je ne comprends que les adverbes ?

Hortense (traductrice patentée). – Ma sœur nous propose juste une petite séance d'autoflagellation collective. C'est bien ça, hein, cocotte ?

Rubis. – Tout à fait, Thierry.

Séraphine, pas convaincue, se ressert une coupe de champagne, après en avoir proposé aux autres. Elle place ensuite un grand coussin en velours derrière son dos, avec sur le visage une moue signifiant tout le mépris qu'elle a pour cette jeune prétentieuse à string apparent qui voudrait lui donner des leçons de savoir-vivre-en-couple, à elle, l'impératrice des conseils conjugaux.

Séraphine (dédaigneuse). – Rubis, je veux bien faire appel à toi pour jouer aux Lego avec mon ordinateur portable, mais ne m'explique pas comment réparer un ego. Ça c'est mon domaine, je gère.

Bouche fermée, je fais éclater une tomate cerise sous ma dent, tout en songeant que ce qu'elle dit n'est pas faux.

Rubis (avec un petit sourire, sûre d'elle). – Que tu sois capable d'aider les autres, je n'en doute pas une seconde. C'est de t'aider toi-même, qui est difficile.

J'avale ma tomate cerise désormais réduite en bouillie, et j'en prends une autre, que je fais à nouveau craquer sous ma dent, lèvres closes, en songeant que ce qu'elle dit n'est pas faux non plus.

Séraphine (ironique). – Ah, mais je vous en prie, posez votre diagnostic, Dr Dustring. Je serais curieuse de l'entendre. Nous serions toutes curieuses d'entendre ce qui cloche chez nous !

La blonde ne se fait pas prier.

Concentrée, elle passe ses mains le long de ses cuisses, gainant son jean comme s'il s'était agi d'un collant. Ou alors elle se caresse les jambes, furie insatiable en manque de contact physique immédiat, auquel cas je préfère encore, pour ma santé mentale, en rester à la théorie du collant.

Rubis (se tournant vers moi). – OK, alors toi Rebecca, par exemple, de ce que m'a raconté ma sœur sur ta vie sentimentale…

Je fronce les sourcils vers Hortense, qui se perd dans la contemplation méditative du lustre, les yeux levés vers le plafond. Ça m'apprendra à me confier à une commère.

Rubis. – … dans tes relations, tu donnes trop. Et tu donnes tout. Ta confiance, ton amour, ton soutien, tout. Avec une naïveté flippante, qui fait que tu attires des hommes qui ont plus à te prendre qu'à t'offrir.

Moi (un peu sèche). – Oui, bon… mais je suis aussi capable de tout retirer dans la seconde, et définitivement, si je l'estime nécessaire.

Rubis. – D'accord, mais ça t'arrache quand même des bouts de peau, au passage. Tiens, regarde tes bras...

Gênée, je baisse les manches de mon pull jusqu'à mes poignets, pour ne pas qu'elle s'attarde sur les plaques de psoriasis qui sont apparues sur mes coudes.

Moi (dans un murmure). – Sans compter ma main...

Rubis (baissant les yeux dessus). – Qu'est-ce qu'elle a, ta main ?

J'ai soudain l'impression d'être dans une réunion de groupe des Alcooliques anonymes où chacun livre ses soucis les plus intimes. Mais en même temps, qui peut résister à l'attrait d'une oreille bienveillante tendue en direction de sa bouche, hein ? Pas moi, en tout cas.

La preuve.

– Juste après mon premier divorce, j'ai fait des crises de tachycardie. Elles étaient si violentes que j'ai manqué plusieurs fois de m'évanouir en pleine rue. Toujours dans le genre phénomène inexplicable, après mon second divorce, c'est ma main qui s'est mise à devenir subitement douloureuse, à enfler, désenfler, et parfois à changer de couleur. Et ça dure encore.

À ces mots, Rubis éclate de son petit rire horripilant, aussi sûre de l'explication qu'elle n'a pas encore énoncée que si elle allait m'apprendre que porter des lunettes permet de lutter efficacement contre la mauvaise vue.

– C'est tellement simple ma chérie, je ne comprends même pas pourquoi tu n'y as pas pensé. Le premier t'a brisé le cœur. Et tu as donné ta main au second, qui te l'a rendue toute cassée. CQFD.

Tandis que je soupèse ses paroles, la blonde ramène ses longs cheveux en un chignon qui se déconstruit aussitôt qu'elle le lâche. Elle se tourne ensuite vers sa sœur, qui se rétracte sur son fauteuil.

Rubis. – Quant à toi, ma sœurette, tu es trop dépendante des hommes. Tu crois que sans mec, pas de vie épanouie possible, alors qu'en réalité, pour être heureuse, il ne te faut pas en trouver un, il te faut trouver le bon.

Hortense. – Oui, non mais je sais, j'avais justement l'intention de faire un travail sur moi-même, et...

Rubis (qui la coupe). – Attention, rappelle-toi ton expérience avec le père de Fergus qui te battait, ça ne t'a pourtant pas servi de leçon.

Hortense s'insurge :

— Marcelino n'a jamais levé la main sur moi !

Rubis. — Physiquement, non. Moralement, c'est une autre histoire. Et tu le sais. Ce mec qui soufflait en permanence le chaud et le froid, qui te faisait peur pour mieux te rassurer ensuite, qui t'isolait des autres pour ne pas qu'ils t'ouvrent les yeux et pouvoir te garder sous son emprise exclusive, tout en vivant sa vie à côté...

Hortense (bafouille, émue). — Mais je... je savais qu'il pouvait changer. Qu'il avait juste besoin que je l'aide à... Que je lui apporte... Qu'il était moins... moins... qu'avant...

Rubis (en frôlant ses doigts). — Tu sais ce que je pense des hommes, ma chérie ? Je pense que leur personnalité profonde, c'est dans l'enfance qu'elle est la plus concentrée. Ensuite, l'âge la dilue, et ce qui n'est qu'insupportables traits de caractère lorsqu'ils sont petits devient d'originales caractéristiques à l'âge adulte. Mais au final, comme disait l'autre, rien ne se perd, rien ne se crée, tout se transforme...

Hortense détourne le regard, les larmes affleurent à nouveau sous ses paupières.

Rubis (qui l'achève d'une voix douce). — Comment va ton prurit ? Il s'estompe ? (En nous regardant alternativement.) Votre corps vous parle, les filles. Écoutez-le. Sinon il va devoir continuer à crier sur votre peau, pour se faire entendre.

Hortense se lève brusquement, et court se réfugier dans sa cuisine. Je décolle mes fesses de ma chaise pour la rejoindre, mais Rubis m'arrête d'un geste, sereine, l'air de dire : « Laisse, il faut qu'elle passe par là pour s'en sortir. » J'ai alors envie de lui rétorquer : « Tu crois qu'elle peut m'apporter des olives, en revenant ? J'ai fini les tomates cerise », mais mon amie l'astrologue célèbre ne m'en laisse pas le temps.

Séraphine, le visage nonchalamment appuyé sur son pouce et son index, fixe l'informaticienne avec intérêt.

– À mon tour, maintenant. Fais-moi mal. Je t'écoute.

Rubis (humble). – Eh bien, on ne se connaît pas très bien, mais si j'en crois ce que j'ai lu là-dedans (elle donne un coup de menton en direction du magazine people posé sur la table), je dirais que ton mari a voulu se valoriser en éblouissant une petite pétasse plus jeune que lui, ce qui signifie, j'imagine, qu'il devait se sentir écrasé, par... eh bien... par le poids de ta notoriété ? Les hommes supportent assez mal de ne pas être le pilier du couple. Surtout si ses affaires n'allaient pas bien. C'est le cas ? (Séraphine ne répond pas, continuant de la fixer sans broncher.) Bref, tu as élevé vos enfants, tu t'es occupée de lui, tu t'es montrée polyvalente et performante. Tu aurais dû rester rangée dans ta case « ménagère », et au lieu de ça tu as eu du succès avec tes guides, tu as une chronique à la télé, donc une indépendance financière, tu as fini par l'éclipser. Alors peut-être qu'un jour, quelqu'un l'a appelé sans le faire exprès par ton nom de famille au lieu du sien, et ça a fait boum. L'humiliation de trop.

Un silence vient clore son raisonnement. On attend toutes le verdict.

Il tombe.

Séraphine (froide). – Bon, admettons. Et où se trouve ma partie autoflagellation ?

Avant de lui répondre, Rubis se penche en avant, croupe cambrée, laissant largement apparaître le petit triangle réunissant les deux lanières de sa lingerie qui partent sur ses hanches, m'offrant par la même occasion une vue plongeante sur un bon tiers de ses fesses charnues surgissant de son pantalon taille basse. Hypnotisée par ce spectacle aussi inattendu que peu appétissant, je l'avertis discrètement à voix basse de la représentation que donne son postérieur à un public qu'elle ne voit pas. Le sourire amusé qui éclaire son visage m'indique que l'exhibition est aussi voulue qu'assumée. Ah.

Un peu figée, je penche discrètement mon menton vers le bas, et me dis qu'il va falloir que je tienne Robert et Robert à l'œil, au cas où mon décolleté voudrait lui aussi vivre sa vie et se donner en spectacle sans me prévenir.

Rubis attrape la bouteille de soda light que personne n'avait touchée, dévisse le bouchon, fait couler une bonne rasade du liquide mousseux dans le verre posé devant elle, et le vide d'un trait, avant de le reposer en étouffant un rot silencieux dans son autre main.

Elle prend ensuite une profonde inspiration en se caressant les clavicules, et se met à parler sur un ton qui nous donne envie d'allonger nos jambes sur le divan, et de la payer ensuite pour nous avoir écoutées.

– Séra dis-moi, tu te sens comment, vis-à-vis de ce qu'il t'a fait ?

Séraphine (sombre). – Je me sens comme une marraine.

Moi. – Une marraine ? Une mariole, tu veux dire ?

Séraphine (les yeux dans le vague). – Non, comme une donna Corleone, qui aurait envie de lui faire payer toutes ces années qu'il m'a fait perdre, toutes ces années de ma jeunesse que je lui ai offertes, dont il a profité, et qui ne reviendront plus… toutes ces fois où il m'a trompée, et où j'ai fermé les yeux pour préserver l'équilibre familial… tous ces sacrifices que j'ai été la seule à faire…

Rubis (secouant la tête). – Tss… Tu t'es écrasée trop longtemps, alors maintenant tu exploses et tu es pleine de haine. C'est ridicule, ça ne mène à rien. Le passé n'existe plus, mais l'avenir reste à inventer. Concentre plutôt ton énergie à réussir cet avenir, au lieu de perdre ton temps à ruminer ton passé.

Séraphine (maussade). – Facile à dire.

Rubis. – Ton problème, c'est que tu as cru qu'en résistant à la douleur, tu allais démontrer ta force de caractère. Tu l'as laissé aller trop loin. C'est une connerie ! Tu as au contraire prouvé l'étendue de ta faiblesse. Tu as avalé tellement de couleuvres, en te croyant courageuse et capable de les supporter, qu'un jour tu t'es retrouvée l'estomac déformé et grouillant de spaghettis vivants. Et pourtant, tu ne dois pas lui en vouloir complètement, car tu es aussi coupable de ce qui t'arrive.

Séraphine (agacée). – Ben voyons. Toujours le même credo, hein ? Change de disque, un peu.

Rubis (sans l'écouter). – Quand quelqu'un te fait caca sur la tête, c'est à toi de t'offusquer et de ne pas l'accepter. Si tu l'acceptes, il ne faut pas t'étonner ensuite que le mec, n'y voyant aucun inconvénient puisque tu le tolères, continue de plus belle d'utiliser ton crâne comme un cabinet.

Séraphine (sur un ton ironique). – Dis, tu veux pas écrire mes livres à ma place, tant qu'on y est ?

La blonde s'esclaffe en prenant appui sur l'accoudoir.

Rubis. – Quoi, tes guides du genre… comment c'est, déjà ? *Mon côté recto, c'est Verseau* ou *Han, dis-moi des Gémeaux d'amour !*… ou bien *Je voudrais un Capricorne né de frites s'il vous plaît*…

Moi (en ricanant). – Non, c'est pas du tout ça. Ses guides, c'est plus *Io man ! Pluton mourir que de te regarder te Mercurer le nez*… ou *Pégase-toi tu pues, et Mars à l'ombre* ou… tiens, d'ailleurs c'est vrai, ça, pourquoi tu ne fais jamais de titres à partir d'un seul signe astrologique ?

Séraphine (levant les yeux au ciel). – Et me couper des onze autres catégories de lecteurs potentiels ? T'as tout compris au marketing, toi.

Hortense nous rejoint, à petit pas, le nez rouge probablement de s'être beaucoup mouchée.

Elle affiche un sourire forcé, et tape dans ses mains comme si de rien n'était.

Hortense (joyeuse, les yeux humides).
– Aaaah... j'ai fini de... terminer de... truc. Bref. Où on en était ?

Moi. – Ooh, tu n'as pas rapporté d'olives ?

Hortense (qui fait demi-tour). – Elles arrivent, je vais les chercher.

À travers la large fenêtre du salon, la nuit a obscurci tout ce que les lumières des appartements de l'immeuble d'en face n'ont pu éclairer.

Deux moineaux lancés à pleine vitesse font une vrille parfaite en duo, avant de disparaître dans les hauteurs du ciel, témoignant des miracles d'harmonie que peuvent accomplir deux êtres réunis en symbiose.

Séraphine saisit sa coupe de champagne, fait lentement bouger le liquide dedans en observant pensivement le pétillement des bulles, avant d'y tremper délicatement les lèvres.

Rubis (conclut en soupirant). – N'empêche, c'est vrai que les hommes que l'on rencontre ont souvent un grain.

Moi (en soupirant aussi). – Oui ben pour certains, c'est carrément un couscous.

Hortense réapparaît brusquement, brandissant une nouvelle bouteille de champagne, à la grande satisfaction de Séraphine. Mais pas la moindre trace d'olive.

Tant pis, j'ai trop la flemme de me lever.

Lorsqu'elle flanque maladroitement la bouteille sur la table basse, manquant de renverser les verres qui y étaient posés, je remarque que sa main tremble un peu. En réalité, c'étaient les prémisses de l'explosion qui se déclenche d'un coup, brutalement, tel un violent orage éclatant dans un ciel trop lourd. On avait eu les trombes d'eau dans ses yeux, voici maintenant les éclairs qu'ils lancent par dizaines.

– À chaque fois, j'ai des signaux d'alerte ! À-chaque-fois-que-je-rencontre-quelqu'un. (Elle gesticule, énervée, en s'affalant dans son fauteuil.) Je m'en veux, mais je m'en veux tellement de ne pas les écouter, de ne pas prêter attention aux ampoules de mon instinct quand elles clignotent dans tous les sens. Après, je me dis toujours que j'aurais dû être attentive à ce que mon ventre exprimait, que j'aurais dû écouter ma petite voix intérieure. Mais c'est ce que j'ai décidé de faire, à partir d'aujourd'hui. Ooooh oui. Je vous le jure, les filles ! Désormais, je regarderai les hommes sans le filtre de l'embellissement. Sans le filtre du « après tout, moi aussi j'ai des défauts ». Sans le filtre du « si ça se trouve, ce qu'il vient de dire est réellement drôle ». Sans le filtre du « ne fais pas ta difficile, tu n'as pas fait l'amour depuis six mois ».

Moi (sortant de ma léthargie). – Que des filtres à cafouiller...

Rubis écarte les bras, comme une chanteuse de gospel, et beugle :

– Vous êtes des princesses ! Alors arrêtez de vous faire traiter comme des souillons !

Séraphine, emportée par l'enthousiasme général, se met debout et entre en scène en gesticulant.

– Absolument ! Les hommes doivent comprendre qu'il n'y a rien de plus viril au monde qu'un type gentil, attentionné et protecteur. Le gars bien dans ses baskets, qui n'a rien à prouver, et qui affiche sa force intellectuelle, émotionnelle et même physique en nous traitant comme des REINES !

Hortense, remontée comme une pendule, se lève à son tour et postillonne, les poings sur les hanches.

– Ouais ! Et pas comme des pizzas !

Moi. – Tu veux dire, « pas comme des quiches » ?

Hortense (toujours exaltée). – Ouais !!

Séraphine (galvanisée par les réactions de son public). – Fini de tomber amoureuses de petites frappes gueulardes et dictatoriales ! On arrête de confondre les mecs machos avec les mecs virils !

On arrête de se pâmer devant celui qui nous montre d'un doigt impérieux la direction de la cuisine !

Hortense (qui ne sait plus où donner de la tête). – Ouais ! Surtout qu'on la connaît déjà !

Moi (je me lève aussi, pour participer à la liesse). – D'ailleurs on arrête de s'en vouloir de ne pas savoir faire la cuisine ! Qu'ils aillent se faire cuire un œuf !

Séraphine (qui se croit devant une caméra). – Et puis on arrête de se croire sexy en se soumettant à un mec qui nous ordonne de passer l'aspirateur !

Moi (rebelle attitude). – Parfaitement, à bas le ménage du ménage !

Séraphine (agitant sa crinière noisette). – Surtout que ce n'est même pas en porte-jarretelles, qu'ils veulent qu'on le passe, l'aspirateur, hein, non, non, c'est vraiment pour enlever les miettes !

Hortense (déchaînée et échevelée). – Ouaaaais ! Tous des pooorcs !

Moi. – Ouaaais ! Et d'ailleurs, il faut que je vous dise, j'ai rompu avec Jules tout à l'heure !

D'un coup, elles cessent toutes de brailler, et me fixent, les yeux ronds.

Hortense (stupéfaite). – Mais... pourquoi tu as fait ça ?

Je ne suis pas mécontente de mon petit effet.

– Bah… je crois que je n'étais pas encore prête à aliéner ma liberté toute fraîche à qui que ce soit. Fût-il beau, musclé, et très amoureux.

Rubis (en regardant ses ongles). – Il a voulu officialiser ?

Moi. – Grave. Il envisageait de me présenter ses enfants.

Rubis (gonflant ses joues). – Pfiouuuh…

Moi. – Ensuite il m'a glissé que ses parents insistaient pour me connaître.

Rubis (les gonflant encore plus). – Pfiouiou-iouuuuh…

Moi. – Ouais… Du coup j'ai fui, vous pensez bien. Il m'a trop fait flipper, ce dingue.

Séraphine m'enserre amicalement les épaules.

– Ooh, ma poulette… je ne sais pas quoi dire…

Moi (ironique). – Dis que tu es contente de ne plus être seule à être seule.

Séraphine (me tend la paume de sa main). – Grave.

Moi (mettant une claque dedans). – *I'm back in the club !*

Rubis (qui se met à crier, comme à l'armée). – On est des quoi ?!

Hortense et moi. – Des princesses !!

Séraphine (qui s'époumone à son tour). – Et on mérite quoi ?!

Rubis et moi. – Le meilleur !!

Hortense (qui a tout compris). – Qu'il quitte sa femme !!!

L'Interphone sonne.

À peine Hortense a-t-elle le temps de prononcer : « Oh ben ça doit être Tony, le livreur de sushis... », que Rubis la bouscule et ordonne « Dégagez bande de frustrées, il est pour moi ! », en faisant claquer ses talons pour aller lui ouvrir.

8

# Marcelino

*Là où il y a du poil, il y a de la joie.*
Proverbe français

Le jour où Marcelino a rencontré Hortense.

Partie, elle était partie.

Elle avait quitté l'institut qu'il fréquentait depuis plusieurs mois sans l'en avertir.

Il savait qu'il ne la reverrait plus. Alors bien sûr, il n'a pas eu d'autre choix que de partir aussi, car l'idée de se faire masser par la gérante, Mme Martinez, lui était intolérable.

Mme Martinez était une femme courtoise, gentille, chaleureuse, soignée, permanentée, mais elle avait le sex-appeal d'un yaourt périmé. Rien que l'idée qu'elle promène ses petits doigts boudinés suintants d'huile parfumée sur son échine lui donnait la chair de poule.

Il devait s'en trouver une autre, il en avait besoin.

C'est comme ça qu'il a rencontré Hortense.

Elle était si jolie, si menue, si fragile, si dépourvue d'alliance, qu'il n'a pas résisté au « c'est à quiiiii ? » qu'elle lui a lancé de sa voix de crécelle, en apparaissant dans l'encadrement de la porte de ce nouveau salon de beauté qu'il venait d'investir.

Sa chevelure rousse, à la coupe délicieusement années quatre-vingt, ses mains fines aux ongles recouverts d'un vernis nacré, sa petite blouse rose qui moulait sa taille fine… elle était à croquer, et il sentait justement son ventre gargouiller.

À son appel, Marcelino se leva, déployant sa taille moyenne en lissant avec assurance ses cheveux bruns clairsemés, sûr du petit effet qu'aurait sur elle son regard de tombeur.

En l'apercevant, Hortense se pencha vers sa collègue en train d'encaisser une cliente, et lui murmura quelques mots à l'oreille sans le quitter du regard. L'autre lui répondit, puis elles tentèrent d'étouffer de petits gloussements.

« Bravo l'artiste, se dit-il, elle t'a remarqué, tu lui plais. »

Instinctivement, Marcelino se mit à marcher de façon légèrement chaloupée jusqu'à la pièce qui lui était réservée. Son charme agissait, il le savait. Il n'était même plus étonné.

En réalité, à voix basse, les deux jeunes femmes se sont dit :

– Je te parie un billet que celui-là va me demander une finition...

– Tu veux que j'appelle...

– Que tu appelles la police ? Non, t'inquiète, je suis capable de le fiche dehors, s'il se tient mal.

– Non, pas la police, ta sœur.

– Ooh, vipère ! Huhuhu !

Hortense l'a suivi, et lui a indiqué où poser ses affaires, avant de placer une large feuille de papier sur le fauteuil de soins. Ensuite elle est sortie, le temps qu'il se déshabille. Lorsqu'elle est revenue, elle l'a trouvé allongé, bras le long du corps, en caleçon vichy, prêt à s'offrir à ses mains douces et expertes. Ses mains qui ont alors ouvert une petite boîte sortie de son tablier, en ont extirpé des bouchons d'oreille, et les ont enfoncés jusqu'aux tympans.

– ... lui a-t-il demandé, tandis qu'elle touillait la cire chaude de sa spatule en bois.

– Comment ? a-t-elle répondu trop fort, en retirant un des deux bouchons.

– Qu'est-ce que vous faites ? a-t-il répété.

– Eh bien je suis en train de remuer la cire, voyez-vous, permettant ainsi à la matière de...

– Non, je veux dire, pourquoi vous bouchez-vous les oreilles ?

– Ah ! s'écria Hortense, en retirant le second bouchon. C'est notre premier rendez-vous ensemble, et je ne connais pas encore votre seuil de tolérance à la douleur. Le bruit me provoque d'atroces migraines, et comme vous semblez doté d'une pilosité importante, surtout au niveau des tétons, je me suis dit que...

Marcelino s'est redressé à moitié sur un coude, hilare.

– Ah, mais vous pouvez y aller, je suis extrêmement résistant à la douleur. Vous n'avez rien à craindre, je n'émettrai pas le moindre son.

Il leva un doigt, et précisa :

– Laissez-moi citer Aristote, qui disait : « Le courage est la première des qualités humaines, car elle garantit toutes les autres. » Et de courage, croyez-moi, je n'en manque pas.

Hortense sourit, amusée par la hardiesse de cet homme qui, elle le savait, ne tarderait pas à enchaîner les violentes contorsions des muscles de son visage destinées à masquer son envie d'appeler sa mère.

« Qu'est-ce qu'ils ont tous à vouloir se faire épiler les poils du torse », murmura-t-elle en s'approchant de lui, pour estimer d'un œil expert la longueur de son crin.

Elle épousseta légèrement des doigts sa toison frisée, brune et fournie.

– Vous voulez qu'on les coupe un peu aux ciseaux, avant ?

Il lui attrapa la main, et, avec bagou, lui fit la proposition suivante :

– On pourrait aussi ne pas y toucher, si vous me préférez avec.

Hortense retira ses doigts qu'il serrait à peine, et partit dans un grand éclat de rire.

– Aaaah, je savais bien que vous aviez peur ! Ne craignez rien, je vais y aller doucement. Il n'y a qu'autour des tétons que ça risque un peu de tirer et...

– Non, non, je suis sérieux. Si vous trouvez les torses épilés inesthétiques, alors je...

– Mais enfin monsieur, se défendit-elle. Ce n'est pas à moi de décider à votre place, vous me dites ce que vous désirez, et je m'exécute.

– Vraiment ? demanda-t-il en affichant un sourire carnassier.

Aussitôt, elle fit un pas en arrière et saisit sa spatule recouverte d'une poisseuse cire rose brûlante qu'elle tendit vers lui.

— Donc je la pose où ? Près du téton, pour commencer, comme ça on se débarrasse ?

Il envisagea un instant de pousser la provocation jusqu'à lui demander de lui faire le maillot, histoire de voir sa réaction s'il se mettait à manipuler lascivement les pans de son caleçon, mais préféra renoncer. Le jeu ne faisait que commencer, ce serait dommage de tout gâcher maintenant. Elle avait bien le temps de découvrir toute l'étendue de son humour taquin.

— Je me dois de préciser, par stricte conscience professionnelle, continua Hortense, que vu votre degré de pilosité, si vous commencez à retirer les poils du torse, il faudra continuer avec ceux du ventre et du dos ensuite. Autrement vous aurez l'air d'un poulet à moitié plumé.

Marcelino réfléchit. Pourquoi lisait-on partout que la mode était aux torses glabres qui plaisaient aux femmes, si même celle qui était supposée le libérer de sa fourrure le mettait en garde ? Qu'est-ce qui lui avait pris, au fond, de vouloir s'infliger ce supplice pour paraître plus séduisant ? De toute façon, au moment où il retirait sa chemise devant une gonzesse, c'était déjà dans la poche, non ?

En fait, lui, ce qu'il aimait, c'était surtout les massages. Quand l'esthéticienne le pétrissait voluptueusement pendant un temps infini, qu'elle ne se consacrait qu'à sa détente, qu'à son bien-être, telle une geisha déférente et docile, et que, penchée sur son dos, sa poitrine le frôlait ou s'écrasait contre lui à chacun de ses mouvements.

Son hésitation ne dura qu'un instant. De quoi aurait-il l'air s'il changeait d'avis maintenant ?

Allez, allez, son pote Christophe l'avait bien fait, lui, c'est d'ailleurs ce qui lui avait donné envie de l'imiter. Sauf qu'il réalisait maintenant que, Christophe étant prof de gym, l'absence de pilosité avait dévoilé ses magnifiques pectoraux ciselés, alors que chez lui, tout bien considéré mmhaaaaAAAN... m... mmmhhh...

Hortense souffla légèrement sur la bande de cire qu'elle venait d'appliquer.

Elle tapota dessus, avec sur le visage l'expression ravie de celle qui a donné l'impulsion au timoré qui n'arrivait pas à se jeter du haut du pont, malgré sa cheville reliée à un élastique.

— Ça va, c'est pas trop chaud ? demanda-t-elle pour la forme, tandis que la cire commençait à cuire doucement la peau du prof téméraire.

Il leva un doigt, et prononça en serrant les dents :

– J... Je citerais juste Plaute, qui a dit : « Il faut battre le fer quand il est chaud. » Car je suis convaincu que cette pensée s'applique également à l'engluage du poil.

Hortense sourit, presque attendrie par les efforts démesurés que faisait ce petit garçon pour avoir l'air d'un grand. Et puis aussi parce que ses sourcils, épais et tendus vers le sommet de son front en une muette supplication, indiquaient avec la visibilité d'un panneau d'affichage combien il s'apprêtait à souffrir. Et il avait bien raison, de s'apprêter.

Prise de conscience, en direct de l'hémisphère cérébral droit d'Hortense, tout en émotions exacerbées : « N'empêche, qu'est-ce qu'il est brillant, ce type, il cite Plaute, quand même... »

L'hémisphère cérébral gauche d'Hortense, plus cartésien, lui répond : « Oui, eh bien je trouve ridicule cette façon qu'il a de citer des gens célèbres pour illustrer ses propos. C'est une façon de se la péter doublement, comme s'il disait : "T'as vu, hein, j'ai de la culture, je sais que Machin a dit cette phrase !", ou bien : "J'suis vraiment un mec intelligent. D'ailleurs, Machin pensait exactement la même chose que moi." »

Ce à quoi l'hémisphère droit d'Hortense rétorque : « Arrête d'exagérer. Moi il m'impressionne. Le seul Plaute dont j'avais entendu parler avant aujourd'hui, c'est celui qu'un homme fait avec ses mains sur mes seins. »

Elle jeta un coup d'œil vers la fenêtre close par des volets baissés. Machinalement, il suivit son regard, détournant ainsi son attention de l'inéluctable.

– Fait pas froid, aujourd'hui, hein ?

Il s'apprêtait à répéter ce qu'il avait entendu de la météo ce matin aux infos, lorsqu'elle tira brusquement sur la bande, défrichant d'un coup plusieurs centimètres carrés de la forêt amazonienne qui recouvrait son poitrail. Il ne put retenir un cri bref et guttural, qui se mua en un faible gémissement quand ses yeux se remplirent de larmes.

La main d'Hortense vint aussitôt se poser en zone libre, appuyant délicatement dessus pour comprimer la douleur.

Il aima la douceur procurée par cette main, et se mit à regretter amèrement de ne pas avoir su mieux choisir le soin qu'il s'était offert aujourd'hui. Tout ça à cause de ce con de Christophe, qui l'avait traité de gorille en le voyant se déshabiller dans les vestiaires de la piscine, lors d'une sortie organisée avec le collège.

Tel un trophée, elle lui montra la bande de cire qui conservait une multitude de morceaux de lui bruns et frisés extirpés jusqu'à la racine.

Sur sa peau, de petits points rouges apparurent. De microgouttes de sang. Il se bénit d'avoir retenu au fond de sa gorge la petite provocation au sujet de l'épilation du maillot.

Contemplant la partie nue de son pectoral, il constata qu'il n'avait plus le choix.

Ou il la laissait terminer le travail, et il savait qu'il vivrait sans doute la plus douloureuse journée de son existence, ou bien il simulait un enthousiasme débordant (et crédible) pour s'en tenir à cette tonsure circonscrite à ces quelques centimètres carrés.

Par exemple : « Voilà, nickel, c'était e-xac-te-ment la coupe que je voulais ! »

Ou bien : « Oooh ! La taille de mes poils représente le profil d'un saint... Vous avez vu ? C'est miraculeux ! J'appelle le Vatican, on ne touche plus à rien ! »

Il lui fallait prendre une décision au plus vite, la rouquine préparait déjà une nouvelle application.

Allez, tant pis pour le ridicule. À la guerre comme à la guerre.

Il prit sa plus impressionnante voix de prof qui convoque un élève.

— Dites... Posez votre spatule un instant, s'il vous plaît.

Hortense, surprise, obtempéra.

Bien, la voilà désarmée. Il continua.

— Vous êtes nouvelle ?

— Non, répondit-elle avec un sourire cordial. Je suis Hortense, et vous ?

— Ce n'est pas ça, je voulais dire... est-ce que vous êtes une stagiaire, êtes-vous en contrat d'apprentissage, exercez-vous ici en alternance avec des cours de formation par correspondance ?

— Eh bien, non, non, je suis esthéticienne diplômée depuis plus de quinze ans. Mais vous êtes gentil, vous trouvez que je fais si jeune que ça ?

Elle se contempla un instant dans le miroir accroché sur le mur face à elle, et se lissa un sourcil de l'index avec un brin de coquetterie.

Marcelino se redressa.

— Je trouve surtout que vous paraissez très inexpérimentée. Regardez-moi un peu ce massacre, dit-il en pointant des doigts joints la zone nue de sa peau nue, marquée de petites traces sanguinolentes.

— Mais monsieur, je... je vous avais prévenu qu'il fallait les couper un peu aux ciseaux avant, bafouilla-t-elle. Ne vous inquiétez pas, ces petites traces de sang sont tout à fait normales et...

– Je veux voir votre supérieure.

– Ma super quoi ?

Hortense blêmit. Où était passé le client sympathique et un peu crâneur de tout à l'heure ? Elle rechignait à faire intervenir Mme Françoise pour régler ce différend, car elle s'était déjà fait houspiller par sa patronne la semaine précédente, pour avoir limé trop court les ongles de Mme Conselheiro. Elle décida alors de feinter.

– C'est m... moi, ma supérieure.

– Tout de suite ! prononça-t-il en haussant le ton, la faisant sursauter et se précipiter vers la porte, avouant ainsi sa forfaiture.

Cependant, au moment où elle posait la main sur la poignée, il l'arrêta.

– Hortense, l'appela-t-il.

Elle se retourna, craintive, et il lui dit :

– Attendez. J'ai fait une bêtise, pardonnez-moi. Je ne suis qu'un crétin.

Flash info en direct de l'hémisphère gauche d'Hortense : « Ouais, eh bien je confirme, pour le mot qui commence par un *c*. Sauf que ce n'est pas celui-là que j'aurais employé pour le définir. »

L'hémisphère droit d'Hortense lui coupa la parole : « Oh mais non, écoute, sa voix est redevenue toute douce. Tout le monde peut se tromper... »

L'hémisphère gauche est intraitable : « Va expliquer ça à ton rythme cardiaque qui s'est emballé, gourdasse. Si je n'avais pas freiné l'impulsion nerveuse vers tes jambes, tu serais déjà en train de galoper hors de la boutique. »

Mais l'hémisphère droit veut croire en l'amour de son prochain, en la beauté des fleurs et en la paix dans le monde : « Allez, allez, on ne va pas faire toute une histoire pour trois petites gouttes d'adrénaline. Tout être qui s'excuse a droit à une seconde chance. C'est écrit dans la Constitution des... »

Hémisphère gauche : « ... pensées en voie de disparition ? Là où un statut rappelle qu'il fut un temps où ton bon sens ne l'était pas, en voie de disparition, et qu'il faut que ça serve d'exemple à ta prudence ? »

Hémisphère droit : « Ooh, tu m'agaces ! tu m'agaces ! tu m'agaces ! Tais-toiii ! »

Hortense s'approcha de Marcelino.

— Quelle bêtise avez-vous faite ?

— Cette idée d'épilation, j'aurais dû vous prévenir. Ce n'était pas mon choix. C'est juste à cause d'un stupide pari que j'ai perdu dans un vestiaire avec mes copains de rugby.

Le visage d'Hortense s'éclaira, elle oublia aussitôt la façon brutale et autoritaire dont il lui avait parlé quelques secondes plus tôt.

— Oh, mais il ne fallait pas vous obliger à souffrir comme ça, il y avait d'autres méthodes, moins douloureuses, pour vous faire passer pour un épilé aux yeux de vos amis ! Vous auriez dû me demander !

Marcelino sembla à cet instant totalement vulnérable, dépendant d'elle et de ses connaissances en sciences folliculaires.

C'était voulu.

Il soupira piteusement.

— Croyez-vous que vous allez pouvoir m'aider ?

— Ne vous inquiétez pas, répondit Hortense, sur le ton de celle qui savait exactement comment opérer une reconstruction de sa dignité. Personne n'y verra rien, ce sera notre secret.

Elle se dirigea vers un placard au fond de la pièce, s'accroupit devant, l'ouvrit, fouilla dans un sachet qu'il entendit se froisser mais qu'il ne vit pas, et en sortit un objet.

Revenue vers lui, elle le lui tendit, satisfaite.

— Tenez, faites-moi confiance, c'est de la bonne. Consommation personnelle.

Il tourna et retourna entre ses doigts l'emballage de crème, sans comprendre comment s'utilisait le tube qui se trouvait à l'intérieur.

— C'est la première fois, hein ? demanda-t-elle devant son air perplexe. Ne craignez rien, ça ne fait pas mal, la première fois. Ni les suivantes.

— Je…

— Vous avez besoin d'une preuve, pour votre pari ? Aucun problème, je vous garde la bande avec vos poils dessus. Et d'ici la fin de la journée, je pourrai même en collecter une vingtaine de plus. Bien sûr, il faudra que ce soient des poils bruns. Et frisés. Dans ce cas, j'espère que vous ne verrez pas d'inconvénient à ce qu'elles ne viennent pas forcément des jambes de mes clientes, et…

— Non, je voulais dire que je n'ai aucune idée de comment votre produit fonctionne. Si Jean de la Fontaine a dit : « Aide-toi, le Ciel t'aidera », j'ajouterai juste : soyez mon Ciel, aidez-moi…

— Haaa, d'accord…

Empressée, elle sortit la notice de son conditionnement et entreprit de la lui lire, mais il l'arrêta d'un geste.

— … et pour cela, permettez-moi de vous inviter à dîner.

Elle posa les yeux sur lui, interdite, et le regarda pour la première fois non pas comme on avise un client, mais comme on découvre un homme.

Torse nu, tel un Chewbacca atteint de pelade, avec son petit caleçon en coton et ses guiboles aux cuisses calibrées pour sauter de nénuphar en nénuphar, elle ne le trouva pas particulièrement attirant.

Ses cheveux étaient fins et il en manquait plein, son nez était trop épaté, son visage un peu mou, seuls ses yeux, d'une banale couleur marronnasse, irradiaient d'une vivacité qui n'était pas sans rappeler la lumière rouge qui brille dans l'iris du Terminator.

Et le rouge, c'est bien connu, est la couleur de l'amour.

Ses hémisphères entreprirent de hurler simultanément dans sa tête des pensées contradictoires :

— ... fuis !
— ... il a besoin de toi !
— ... dis non, il a voulu appeler ta supérieure !
— ... ta super quoi ?
— ... il tente de t'écraser sous sa culture !
— ... peut-être, mais il t'invite à dîner pour le prix d'une crème dépilatoire !
— ... eh l'autre, eh, il n'a même pas dit « s'il vous plaît » !

Mais son utérus les prit tous les deux de vitesse en décrétant, d'une voix bien forte pour couvrir la distance et se faire entendre de là où il était : « Dis-moi, ça fait combien de temps que tu n'as pas fait l'amour, hein ? Alors vos gueules, les deux autres, et toi ma grande, tu acceptes ! »

Et Hortense accepta.

# 9

## Les sushiiis !

*Le rire est à l'homme ce que la bière est à la pression.*

Alphonse Allais

**Aujourd'hui, 21 heures.**
Tandis qu'Hortense déballe ce que contient le grand sac en papier posé sur la table basse du salon, Séraphine et moi commentons, impressionnées, la facilité avec laquelle Rubis a emballé le livreur. Cette voix douce, ingénue, cette attitude faussement désinvolte, ce discours parfaitement rodé, maîtrisé à la perfection pour renvoyer à l'autre le sentiment qu'il contrôle la situation... je crois que si j'avais été un homme, moi aussi j'aurais succombé à ses sortilèges.

Rubis, alias la mante religieuse (boulimique) humaine.

## SOIRÉE SUSHI

Il faudra absolument qu'elle m'explique comment elle fait, parce que ma technique de drague à moi se limite uniquement à une modulation de la stridulation de mes gloussements.

Par exemple :

Rire nerveux = tu m'intéresses, mais si j'ouvre la bouche pour articuler de vrais mots, j'ai peur que tu t'enfuies au loin.

Rire timide = viens, ne crains rien, aie confiance, approche-toi, je suis fraîche, innocente et sage, je ne te ferai aucun mal... en tout cas, pour commencer...

Rire jaune = merde, j'ai oublié de mettre des sous-vêtements assortis / de me raser les jambes / de vérifier l'absence de salade entre mes dents avant de sourire.

Fou rire = houla, qu'est-ce que j'ai bu, moi, ce soir... (En fait non, pas tellement, mais ça me donne un prétexte pour me suspendre à ton cou.)

Rire silencieux = regarde comme mon haleine sent bon.

Rire forcé = t'es pas exactement mon type, mais allez, comme t'es le moins moche de la soirée...

Rire grinçant = permets-moi de te dire que la fille qui t'accompagne est un thon. Tu mérites mieux. Moi, par exemple.

## LES SUSHIIIS !

Rire franc = je veux être tienne !

Au final, force est de constater qu'à part me faire passer pour une fille particulièrement joyeuse, on ne peut pas dire que ce don sonore m'ait été d'une quelconque utilité pour ferrer un homme qui ne l'aurait pas été auparavant par mon charme naturel et muet.

Alors maintenant que je suis à nouveau sur le marché, et même si j'ai re-re-décidé de m'abstenir de toute vie amoureuse pendant au moins... pff, au moins... jusqu'à ce que je change d'avis, je ne serais pas contre découvrir son secret.

Elle en a forcément un, pour parvenir à choper malgré son string trop grand qui dépasse.

Hortense nous fait passer nos barquettes en plastique noir contenant de savoureuses et parfumées bouchées exotiques.

Leur apparition est un bonheur dont se repaissent nos yeux avant même d'avoir goûté à quoi que ce soit.

La disposition artistique des mets, rehaussée d'une touche de persil, est tout de même infiniment plus raffinée que celle d'une bête pizza ronde dans une boîte carrée, non ?

Les récipients sont disposés pêle-mêle sur la table basse, bien que nous sachions chacune précisément à qui appartient quoi.

## SOIRÉE SUSHI

Les petites brochettes de yakitori sont délicieusement caramélisées dans une sauce teriyaki, d'une exquise couleur ambrée. Je sens leur subtil parfum grillé d'où je suis assise.

En cassant d'un coup sec mes baguettes en bois reliées à leur base, je me penche pour admirer la vingtaine de petits rouleaux aux couleurs intenses placés devant moi.

Séraphine a, dans son plat, une fleur délicate constituée de pétales de gari, du gingembre translucide mariné dans du vinaigre de riz, ainsi qu'une petite portion de wasabi, ce raifort japonais constitué d'une pâte d'une amusante couleur verte, qui vous crame le palais plus efficacement que si vous aviez tété un chalumeau.

Hortense, quant à elle, salive devant son sashimi de saumon, ces fines lamelles de poisson cru, et son tempura de légumes, des beignets à la pâte si fine qu'ils laissent les aliments croquants à l'intérieur. Elle a également pris une soupe miso, légère et rassasiante, qui embaume d'un fumet de dashi (du bouillon d'algue et de poisson séché), dans laquelle nagent de petits morceaux d'algues, des dés de tofu, des lamelles de champignon, une pincée de ciboule, et qui se trouble délicieusement dès que l'on commence à la remuer.

## LES SUSHIIIS !

Le Japon, j'en raffole. Telle une geisha, je me rêve parfois en kimono de soie aux teintes carmin, relevant mes cheveux en un chignon parfait dans lequel j'aurais planté des peignes fleuris, fardant mon visage de blanc, me dessinant une minuscule bouche rouge sang, et avançant à petits pas toute la journée, les pieds dans des sabots posés sur des lames de bois.

Mettre une demi-journée pour aller de chez moi jusqu'au Monoprix en bas de la rue, ça a une gueule folle, non ? Du coup, à la place, telle une tokyoïte d'opérette, je communie dans la bouffe.

Je verse cérémonieusement de la sauce soja sucrée, d'un brun profond, dans une petite coupelle en aluminium, avant de saisir mes baguettes, d'y tremper dedans un maki california avocat-surimi (avec double dose de sésame) et de l'enfourner voluptueusement en poussant des « hum » de bonheur.

Il manquera juste tout à l'heure un dessert un peu sympa. La plupart de ceux proposés au menu du restaurant sont des pâtisseries à base de pâte de haricots rouges. Faut aimer. Moi je me serais bien fait un traditionnel pot de Ben and Jerry's, purement occidental, mais Hortense a oublié d'en commander.

Le téléphone de Séraphine émet un signal très bref. Elle le saisit, lis son texto, et tapote un message en retour.

Son petit sourire a attisé ma curiosité.

Finissant d'avaler ma bouchée, je m'empresse de lui demander :

– C'était qui ?

– Oh, personne... un mec.

Hortense et moi nous lançons un coup d'œil alerté.

Biiip ! Ragot détecté !

– Un mec qui n'est « personne » ? je reprends, sans lâcher l'enquête. Fais gaffe, je suis prête à te piquer le corps à coups de brochette jusqu'à ce que tu ressembles à une passoire qui laisse s'écouler l'information.

Son téléphone émet à nouveau la petite sonnerie caractéristique de la réception d'un nouveau SMS. Cette fois-ci, elle est cuite. Si elle veut y répondre sans nous vexer, il faut qu'elle crache le morceau. Elle abdique donc.

– Bah, c'est juste un type que je viens de rencontrer sur un site internet, voilà.

– Ho ? Tu rencontres des mecs sur des sites, toi ? Et t'as pas peur ?

Elle me fixe, comme si je venais de lui demander comment elle osait aller se trémousser en bikini dans une salle de spectacle remplie de prisonniers récemment libérés.

– Et pourquoi j'aurais peur, dis-moi, Rebecca ?

Hortense intervient.

– Rhoo, arrête de flipper pour elle, c'est plus une gamine, elle a quarante ans passés, quand même...

Séraphine (irritée mais digne). – Merci Hortense.

Je m'insurge :

– Et ? Tu veux dire que les psychopathes ont un âge limite au-delà duquel ils ne s'attaquent plus à leurs victimes ? Genre une date de naissance de péremption ? (Je mime en changeant ma voix.) « Oups, excusez-moi madame, j'ai cru que vous aviez encore trente-neuf ans. Mais là, vous comprendrez que je ne peux pas abuser de vous, vous traiter comme une merde, vous manipuler à ma guise, non, je ne fais pas dans la catégorie « vieille bique », ça ne m'excite pas, je laisse ça à mes collègues gérontophiles, encore pardon pour le dérangement. » Pfffff ! Moi je dis que les rencontres sur le net c'est pas net, voilà.

Séraphine. – Mais pourquoi tu dis ça ?

Moi. – Ben... parce que tu rencontres des types

que tu ne connais pas, voilà pourquoi, et que tu ne sais pas sur qui tu peux tomber.

Elle secoue la tête, consternée, et s'adresse à moi comme si j'avais cinq ans :

— C'est le principe même de la rencontre, ma poulette. Si tu rencontres des gens que tu connais déjà, alors ça s'appelle des... retrouvailles.

Un maki concombre entre mes baguettes, je le trempe un coup dans la sauce avant de rétorquer :

— Gnagnagna. Ce que je veux dire, c'est que le manque de traçabilité de l'homme en vitrine sur le web est un peu flippant, non ? Tu ne connais pas sa provenance, ni son parcours, tu ne sais rien d'autre que ce qu'il veut bien dire – ou inventer – sur lui. C'est comme si tu rencontrais un inconnu dans la rue. Alors que dans un autre contexte, au moins, tu as des amis, des collègues, des connaissances communes qui peuvent te confirmer que oui, le mec travaille bien à tel endroit, habite bien dans telle ville, ou que des années de pots pris ensemble indiquent qu'il n'est ni violent, ni marié, ni fan d'Herbert Léonard...

Séraphine avale une gorgée de soupe miso, et répond, flegmatique :

— En même temps, moi je cherche surtout un bon coup. Et ça, je ne suis pas certaine que l'un de nos éventuels amis communs puisse me garantir la fiabilité de ses compétences, dans ce domaine. Tiens, regarde plutôt ce qu'il m'a écrit...

Curieuse, je me penche et jette un coup d'œil à l'écran de son portable. Avec un sourire espiègle que je ne lui connaissais pas, elle fait défiler les messages.

— Ouais, dis-je, pas convaincue. Et pourquoi il met toujours trois petits points, à la fin de ses phrases ? Ça suinte le sous-entendu, tout ça...

— Oui, c'est le principe. Ça s'appelle le double langage. Regarde. (Elle me remet sous le nez l'écran de son téléphone.) Par exemple, il y a une différence notable entre écrire « Je t'embrasse » et écrire « Je t'embrasse... ». Dans le premier cas, il m'embrasse sur les joues. Dans le second cas, il m'embrasse partout sauf sur les joues.

Hortense s'extasie, en ouvrant de grands yeux :
— Et tout ça, c'est contenu dans trois petits points ?

— Si tu savais tout ce qu'on peut mettre dedans... Tiens, dans cet autre texto, là, par exemple, il écrit : « J'ai adoré la photo avec ta robe rouge... » Avec un point final, ça aurait voulu dire : « Dans quelle boutique tu l'as achetée ? Je voudrais en offrir une comme ça à ma mère. »

Avec trois points de suspension, ça devient : « J'ai surtout vu le bombé de tes seins que le décolleté révélait. Ta robe me donne envie de te l'arracher avec mes dents. »

La rousse s'étonne :

— Mais ça sert à quoi, toutes ces allusions ?

— Mais à rien ! À se faire vibrer ! C'est excitant, quand tu analyses chaque phrase, chaque mot pour tenter de comprendre ce qu'il y a dessous, c'est comme un jeu, quoi.

Je ricane :

— Ah ouais, du genre oh, mais pourquoi il a signé « À + » et pas « À bientôt » ? C'est parce qu'il ne veut pas me revoir rapidement, ou bien il m'informe de son groupe sanguin ? Et s'il écrit « À bientôt » plutôt que « À demain », est-ce que c'est juste une formule de politesse pour s'en tenir là, ou bien il va vraiment me recontacter ? S'il termine son message par « Bises », c'est parce qu'il me voit juste comme une bonne copine ? En même temps, signer « Baisers », c'est un peu trop rapide, non ? Et puis ça ne dénote pas une personnalité immature, d'écrire « Bisous » ? Etc.

Séraphine confirme en hochant la tête.

— Non mais le plus dur, c'est pas ça. Le plus dur, c'est la traduction des mots.

– Aaaah, la traduction des mots, l'horreur absolue... dis-je en trempant délicatement un maki rouleau de printemps végétarien (sans menthe) dans de la sauce au soja, puis en le déposant sur les lamelles de choux, avant de faire glisser quelques cheveux du crucifère autour de mon rouleau, et, ainsi coiffé, de croquer dedans en poussant de petits gémissements d'extase.

– La traduction des mots ? Quoi, du langage SMS au langage français ? demande Hortense en gobant un bout de poisson cru.

– Hoou non, fait Séraphine. J'ai passé l'âge d'écrire en fautes d'orthographe. Non, non, je parle de la transposition d'un mot vers son sens réel, et pas littéral.

Bouillonnante et hilare, je tape des pieds pour réserver la parole, le temps de terminer de déglutir ce que contient ma bouche. Ensuite seulement je pousse un « OUI ! » libérateur.

– Oui ! Je me rappelle m'être pris la tête, une fois, à tenter d'interpréter un texto que j'avais reçu et qui disait, entre autres : « Merci pour ce délicieux moment passé ensemble. À très vite. » Ça venait d'un journaliste gravement canon, qui m'avait invitée à déjeuner. « Merci pour ce délicieux moment passé ensemble »... Ça veut dire quoi, « délicieux » ? Ça veut dire que je te fais envie ? Un « moment », c'est un instant court. Ça veut dire que t'en veux un autre ? Du genre c'était trop court, donc ça t'a plu ? Donc moi, je t'ai plu ? J'ai fait intervenir deux copines dessus. Pas une, DEUX. On a fait une analyse alphabétique des mots de ce SMS, couplée à une dissection parcimonieuse de ses e-mails précédents, on a âprement discuté l'origine de l'emploi de sa ponctuation, et on s'est repassé au ralenti le best of de ses gestes pendant le repas.

– Et finalement ? demande Hortense.

– Finalement rien. J'ai appris plus tard que le journaliste était gay. Et poli, visiblement.

– Eh ben au moins, vous avez de la matière à désosser. Parce que moi, pour comprendre les textos que mon fils reçoit sur son portable...

On s'arrête toutes les deux de manger. Je lui demande :

– Parce que tu lis les textos que ton fils reçoit sur son portable, toi ?

– Ben évidemment. Pourquoi, pas vous ?

Je tourne la tête vers Séraphine, qui a deux grands enfants.

Carlotta, seize ans, les cheveux artificiellement blondis qui lui tombent jusqu'aux reins, des tenues qu'on croirait dessinées par la styliste de

## LES SUSHIIIS !

Barbie pétasse, et toute la panoplie des attitudes fournie avec.

Et puis un fils de dix-sept ans qui se poudre le visage pour pâlir son teint, un magnifique garçon au look sombre agrémenté d'artifices début XX$^e$ siècle, un peu gothique-romantique façon vampire torturé à la Edward Cullen.

Sa tenue originale, alliée à sa haute stature, à ses paupières ombrées de noir et à ses cheveux qui lui tombent dans les yeux ont fait de lui le fantasme ambulant des filles de son lycée.

Pour couronner le tout, il s'est trouvé un surnom follement énigmatique, car il se fait appeler : LOT. Ce qui signifie d'après mes sources (la fille de la gardienne qui est secrètement amoureuse de lui) : Lord of the Tongue. Rien que ça.

Eh bé, en voilà un qui a tout compris au marketing.

De mon temps, ma bonne dame, les plus imaginatifs des boutonneux de mon âge se seraient fait appeler « Seigneur des biscottos » ou « King of the Belle Gueule », parce la « tongue », chez eux, ne servait qu'à coller des timbres, à humecter leur index pour tourner les pages de leur livre de classe, ou, à la rigueur, à mixer à toute vitesse, telle une hélice de chair rose, celle de leur flirt du moment, dans un étourdissant vortex lingual qui laissait ensuite le couple plus sonné que béat.

En tout état de cause, je ne peux que m'incliner devant cette ingénieuse initiative qui lui a fait choisir un pseudo pour nourrir sa légende et attiser le mystère sur son passage, ce que n'aurait jamais permis son vrai prénom : Clotaire.

– Non je ne touche pas à leur portable, répond Séraphine. Par contre je lis le blog de mon fils.

– Ah bon, tu fais ça ?! Ooooh ! s'écrie Hortense.

– Oui, hein ? dis-je, fronçant les sourcils et les regardant alternativement l'une et l'autre, choquée de constater avec quelle désinvolture toutes les deux s'immiscent dans l'intimité de leurs ados.

Machinalement, Hortense surveille à nouveau l'écran de son portable, guettant un message de son fils.

– Toujours pas de nouvelles de Fergus, ça commence vraiment à m'inquiéter... et je ne sais même pas chez qui il est...

– C'est pas très gentil de sa part de laisser sa mère dans l'angoisse, lâche Séraphine nonchalamment.

– Oui. Pauvre de moi.

— Ça mérite une punition, quand il rentrera, continue-t-elle sournoisement.

— Parfaitement. Privé de console... non, ça il ne va jamais vouloir. De télé alors... non, je suis la seule à la regarder. De musique... non, il télécharge tout ce qu'il écoute. De légumes ! Voilà, c'est ça. Privé de frites pendant une semaine.

— Mais tu n'as vraiment aucune idée de l'endroit où il se trouve ? demande Séraphine, qui a vraisemblablement un plan en tête.

— Pas la moindre, soupire Hortense en se tordant les mains.

— As-tu regardé dans sa chambre ? Il a peut-être noté quelque chose dans... je ne sais pas, moi... un agenda... ou un cahier de textes... ou...

Ça y est, j'ai compris où elle voulait en venir.

Non, ce n'est pas possible, ça ne va pas marcher, c'est trop gros, Hortense va forcément s'en rendre compte...

— Hé, mais c'est une excellente idée ! s'exclame la rouquine. J'ai vu Fergus tenir un journal, une fois. Et si on en profitait pour aller fureter dedans ?

L'astrologue se lève de son fauteuil, excitée.

— Allez ! rigole Séraphine.

Gloussante, elle la suit vers la chambre de son fils.

Immobile, je reste figée sur le canapé, accablée sous une chape de consternation.

Être humain solidaire avec celui dont elles s'apprêtent à saccager le jardin secret de leurs binettes intrusives et moqueuses.

Lentement, je me redresse et décide de les rejoindre.

Ho, et puis merde. Lui, aussi, il n'avait qu'à rassurer sa mère.

## 10

## Fergus

> *L'ordre est le plaisir de la raison, mais le
> désordre est le délice de l'imagination.*
> Paul Claudel

Aujourd'hui, 22 heures.

Fergus a visiblement agencé sa chambre de telle sorte que, pour quiconque souhaiterait y pénétrer, traverser un marécage fétide, grouillant de bestioles répugnantes et infesté de détritus en voie de décomposition soit l'équivalent d'un petit footing matinal dans un jardin fleuri en comparaison.

En particulier si le « quiconque » est sa mère.

L'air de la pièce, à nez nu jamais renouvelé, ne contient plus depuis longtemps la moindre molécule d'oxygène, qu'ont remplacée des remugles de chaussettes moisies par une transpiration qui commence à dater. Aux murs sont scotchés des dizaines de posters de groupes de rock, ou de hard-rock, ou de punk-rock, bref, de gugusses aux tignasses improbables habillés dans un style rocambolesque et grimés comme si leur maquillage effrayant avait pour but de tétaniser d'horreur l'imprudent rôdeur qui se serait égaré sur son territoire.

Loupé.

Hortense, plantée les mains sur les hanches au milieu de la pièce, ne sait plus où regarder. Séraphine est près d'elle, fascinée par ce bordel si minutieusement ouvragé qu'il en frôlerait presque l'œuvre d'art contemporaine. Je reste, quant à moi, sur le seuil de la chambre, n'osant poser le pied sur les dizaines de pièces de vêtements qui jonchent le sol au point de nous empêcher de déterminer la couleur de la moquette.

Le lieu est piégé, je le sens.

Tout ce foutoir me semble trop bien organisé. Qui sait si je ne vais pas faire exploser un sachet d'huile piquante pour pizza planqué sous un pull par terre, ou libérer je ne sais quel animal domestique (furet, hamster, rat, cafard) en me cognant contre le coin de son bureau ? Je préfère avancer plaquée contre le mur.

Un temps sidérée par l'ampleur du capharnaüm qui l'entoure, Hortense s'est enfin décidée à agir. En mère efficace, elle pare au plus pressé : remettre à niveau l'atmosphère de l'endroit, pour éviter tout risque d'explosion par accumulation de gaz toxiques. D'un geste libérateur, elle ouvre la fenêtre en grand. Cette action pourrait par la suite trahir notre incursion, mais il n'est pas impossible que cette brutale augmentation d'oxygène dans son lieu de vie ne le fasse directement tomber en syncope sur son lit.

— Bon, par où commencer ?

— Tu es bien sûre de l'existence de ce journal intime ? demande Séraphine en soulevant, du bout des doigts, une vieille peau de banane noircie qu'elle jette avec dégoût dans ce qu'elle parvient à identifier comme étant la poubelle.

— Absolument. Je l'ai surpris à écrire dedans, un jour. J'avais presque réussi à lire, par-dessus son épaule. Il était furieux, il m'a claqué la porte au nez.

— Tu te souviens de la couleur de sa couverture ?

— Orange, je crois bien.

— C'est parti mon kiki ! annonce Séraphine, visiblement aussi excitée par la quête de l'objet qu'un participant de *Pékin Express* bondissant à l'assaut d'une statuette d'immunité.

Les deux copines entreprennent de fouiller avec ardeur dans les affaires de Fergus, comme des enfants qui furèteraient dans les trésors interdits de leurs parents.

Bras croisés, je marmonne des protestations pour la forme, sans pouvoir m'empêcher de zieuter avec intérêt ce qu'elles découvrent.

Très vite, Séraphine, logique, va au plus évident : elle ouvre le tiroir du bureau de l'adolescent.

– Oups, dit-elle en le refermant un peu trop vite.

– Quoi, qu'est-ce qu'il y a dedans ? Fais voir, dit Hortense, qui a remarqué son changement d'intonation.

– Non mais rien de spé...

La mère ouvre le tiroir devant lequel Séraphine se tenait dans une vaine tentative de protection, glisse la main dedans, et en sort une boîte de préservatifs.

– Hhhhhh... qu'est-ce que c'est que ça ?!

Dans un souci d'apaisement, je tente :

– Des ballons à eau ?

– Regarde, la boîte est encore sous Cellophane, il ne les a pas utilisés, il est trop jeune, c'est juste un petit garçon prévoyant ! glisse Séraphine en la lui prenant des mains, et en la replaçant là où elle se trouvait.

— Tu... tu crois ?

— Meuh oui, meuh oui... tiens, et si on allait plutôt regarder dans ce coin ? fait-elle en l'attrapant par le coude, et en la dirigeant vers la penderie tout en me faisant des yeux-ronds-qui-parlent-pour-me-dire-« il s'éclate bien, le morveux ».

Machinalement (si), j'ouvre le second tiroir de son bureau, et y trouve quelques livres scolaires : maths, anglais, histoire-géo et en dessous... physique. Physique à gros seins, pour être précise. Et puis physique épilé, aussi. Et même physique spécial vieilles de trente ans.

Ce garçon cherche à s'instruire, visiblement. Rien de plus normal. Je referme vite le tiroir, avant que sa mère ne nous fasse un vertige en découvrant ce qu'il contient.

Le reste de la fouille ne nous apprend rien de plus, si ce n'est qu'il possède un nombre hallucinant de DVD de films d'horreur, qu'il a conservé toutes les coupes qu'il a gagné lors de ses tournois de judo étant petit, que ses boîtes en carton « de rangement » contiennent un foisonnement de petits bidules électroniques (qui servent à quoi ? mystère. Je n'ai même pas compris dans quel sens

## SOIRÉE SUSHI

on les utilisait), de maquettes de jouets Kinder Surprise (!), que traînent des dizaines d'emballages de paquets de gâteaux, au moins autant de mangas soigneusement classés dans leur ordre de parution (la seule et unique chose qui soit rangée chez lui) et disposés en hauteur sur une étagère, qu'un ballon de foot dégonflé gisait sous son lit, au milieu d'un troupeau de moutons si vaste qu'il aurait fait peur à un vrai loup, que des canettes de soda vides étaient renversées au pied de son bureau, que des feuilles de cours, des papiers, des flyers, des gribouillages, des photocopies étaient disséminés sur son plan de travail, que des gadgets multicolores étaient collés à l'écran de son ordinateur, qu'une petite collection de coquillages prenait la poussière dans un ravier, qu'une paire de mini-altères s'était égarée au pied de son lit, qu'une guitare derrière la porte était taguée au marqueur noir, qu'il possédait un ourson en peluche qui fut autrefois blanc, et qu'un tube de déodorant vide, abandonné et sans capuchon, avait manqué de me faire chuter lorsque j'ai marché dessus.

Il aurait fallu une pelleteuse pour retrouver son propre pied dans tout ce fatras.

Nous décidons finalement, dans un sursaut de lucidité, de faire machine arrière avant qu'un pan du mur de vêtements face à nous, libéré de son armoire, ne nous tombe dessus et ne nous ensevelisse à tout jamais.

La recherche, longue et pénible, demeure finalement infructueuse.

C'est en quittant les lieux que Séraphine heurte une boîte métallique, qui, en tombant avec un fracas épouvantable, révèle son contenu : un sachet de plantes séchées, et le précieux journal orange. Aussitôt Hortense se jette sur les plantes, les palpe, les observe, et finalement soupire de soulagement.

– Il m'a piqué du henné, cet imbécile. Sûrement pour se dessiner de faux tatouages avec ses potes…

– J'ai eu la fève ! clame Séraphine comme une petite fille, qui fait signe ensuite à sa bande de venir avec elle se réfugier dans sa cabane-canapé, pour prendre connaissance du précieux document.

Ce que nous ne manquons pas de faire, quittant la chambre furtivement, sur la pointe des pieds, comme si nous risquions de réveiller le propriétaire du carnet assoupi sous le décor.

À ce moment précis, nous sommes des mères de famille inquiètes, certes, mais qui ont quatorze ans.

## 11

## Le journal intime

> *L'amour d'un adolescent, c'est de l'eau dans un panier.*
>
> Proverbe espagnol

**Aujourd'hui, 23 heures.**

Cela fait déjà un moment que nous parcourons le journal intime de Fergus.

Nous sommes passées de révélations en révélations. Il a retranscrit ici plus de mots qu'il n'en a prononcés au cours de ces douze derniers mois, et sa mère, qui pensait son fils quasi autiste, découvre un garçon bien plus complexe qu'il n'y paraît. Cependant nous avançons lentement, car le déchiffrage de son écriture et surtout de son orthographe n'est pas à la portée du premier détective amateur venu.

(Extrait d'une page, au hasard.)

*Jeudi 22 octobre 2009*

*6 spots, 19 SMS reçus, un 15 en mat et un 2 en anglé.*

*Ojourd'8 avan le cour de mat, Valérian et Dylan se son marave la gueul et le prof a du les saiparer. CT auch. Tout ça a co's de 7 conne de Lila-Rose ki a doné son 06 à Dylan. Ziva lèss beton, tro relou c'te meuf. L le mérit pa !!!!*

(Dessin au stylo-bille d'un boxeur blessé qui pose ses gants, suivi de cette maxime : *L'amour, sa pu du cul, pleur pa mon pote.*)

Recroquevillées toutes les trois autour du carnet, on ne peut s'empêcher de partir dans un fou rire inextinguible que nous tentons tout de même de tempérer, vu l'enjeu. Il s'agit après tout de confidences que nous n'aurions jamais dû avoir sous les yeux. Dans un coin de ma tête, je me félicite mentalement d'avoir nourri mes filles de lectures, de documentaires, d'expositions, d'avoir veillé à leur orthographe et contrôlé leur vocabulaire.

Cet argot contemporain, quelle plaie, n'empêche. Je suis bien heureuse qu'elles y aient échappé.

– Quand même, je bougonne, histoire d'être vraiment sûre d'avoir insisté jusqu'au bout. On ne devrait pas lire ça. C'est son intimité, on pourrait la respecter...

— Aaaah, parlons-en, de son intimité ! s'excite Hortense. Elle est tellement intime qu'il ne me parle quasiment plus depuis des jours... non, nous sommes des adultes, on ne fait que regarder, on ne fait rien de mal, c'est pour son bien.

Je hausse les épaules, désormais libérée de tout scrupule.

— OK, c'est toi la chef.

(Extrait d'une autre page.)

*Lundi 7 septembre 2009*

*Pa de spot du tou sur la gueul (merci lété !!!), 8 SMS reçus, un 12 en céfran (G triché hu ! hu ! hu !).*

*Liste de ce ke jème ché moi :*
*— mé cheveu (fo k'je m'fasse la coup de robie william, pour etr encor + bo)*
*— ma voi (surtou kan je parl)*
*— mon barreau (faudra k'j'le montr a Olivia. J'la kiff trop s'te gonz, hin ! hin ! hin !)*
*— mon umour*
*Liste de ce ke jème pa ché moi :*
*— pa AC de poils*
*— mé spots !!!!! (leur race !!!)*
*— mé lunetes*

*— pa aC gran, ier on ma konfondu avec un 6ᵉ (bande de cons !!!!)*

*— mon umour (persone ne rigol a mé blague a par moa. G la N.)*

*But 7 ané : parlé a Olivia... plan B : demander a sa kopine si Olivia veu bi1 sortir avec moa. Plan C : si L veu pa, sortir avec la kopine d'olivia.*

*Bon, allé, C pa tou ça, il fo ke j'aill déposer mé amis a la piscine !!!*

Je lève les yeux des pages, et demande à Hortense :

— Ça y est, tu lui as acheté un scooter, finalement ?

— Ben non pourquoi ?

— J'en sais rien, lis... il parle d'aller déposer ses amis à la piscine, donc j'imaginais qu'il les y emmenait en scooter. Il ne va pas les porter dans ses bras, quand même.

— Cherchez pas, nous coupe Séraphine. Ton fils raconte juste dans son journal intime qu'il va aller faire caca.

Sans nous concerter, Hortense et moi reposons d'un même geste les petits bouts de salade de chou que nos baguettes étaient en train de porter à nos bouches, désormais écœurées.

(Extrait d'une nouvelle page.)

*Samedi 28 novembre 2009*

*La looooooooooose ! La loose ! La tré grande loose ! La te-hon ! La loose ! Mouhahahaha ! Mouahahahahah !* (Dessin au stylo-bille d'une bouche qui rigole.) *Ce soar, a l'anniv' 2 mon pote Valérian, y'avé la reum de Carlotta ki C doné en spektacle avec le frere de Val' !!! Comen on a golri !!!*

Je pose sur mes cuisses le journal que je tenais, et cesse de traduire patiemment son écriture phonétique aux autres.

— Mais... la mère de Carlotta, c'est toi ! dis-je en m'adressant à Séraphine. Qu'est-ce que tu as fait ?

— Mais rien, rien... répond-elle embarrassée. J'ai déposé ma fille car je voulais voir où se déroulait la fête, et c'est le grand frère de Valérian qui a ouvert la porte. Il m'a gentiment proposé de rester boire un verre, j'ai accepté, et nous avons sympathisé. Et comme il y avait de la musique, avant de partir il m'a juste invitée à danser un rock, voilà.

— Sur de la techno ???

— Ça va, hein, j'ai bien le droit de m'amuser, un peu ! Pourquoi ce serait toujours les mêmes qui s'éclatent ?

— Avec un gosse ???

— Meuh non, il a vingt-trois ans, ce n'est plus un gosse. Moi, à cet âge-là, j'étais déjà enceinte de Clotaire, alors camembert.

— Attends, fais voir, dit Hortense en m'arrachant le journal des mains, pour continuer la lecture à voix haute.

> *Le frère de Val', ce boloss, il lui a tro mi l'archouma à son refré avec sa danse chelou de ieuv !! Et la reum de Carlotta, comen L bougé son boul ! Elle se lé donnééé ! Carlotta L été tro vénère parce kel voulé le pécho, le refré de Val' et ke lui, tou ce kil voulé, cété pécho sa daronne.*

— Attends, qu'est-ce qu'il a écrit, là ? Le frère de Valérian voulait me « choper » ? Wahouuu ! Dites donc les filles, j'ai toujours du succès, visiblement ! se réjouit Séraphine en se rengorgeant.

Je la calme tout de suite :

— Heu poulette, juste un détail : il semblerait que tu aies séduit le garçon sur lequel ta fille avait jeté son dévolu.

— Ah bon ? Ah oui, tiens… Ça expliquerait pourquoi elle m'a fait la gueule pendant toute la semaine qui a suivi. En même temps, je n'en étais pas sûre vu qu'elle fait tout le temps la gueule. (Prenant conscience de nos mines déconfites.)

Rhooo, mais ce n'est pas ma faute, que voulez-vous ? Entre l'original et la copie, il a choisi l'original, ce brave garçon... du coup, c'est loupé, je voulais proposer à ma fille de m'accompagner en boîte, mais je pense qu'elle ne va plus vouloir, non ?

(Extrait de la dernière page du journal, qui apparaît après une trentaine de pages blanches.)

> *Ma mR a oim, ma p'tite moman soufre, je le voi bien. Je voudré kel soi hereuz et kel quit l'ot batar de sa reum ki sé pa s'okuper d'L. Ma mR, C une prinS !!!!! Je l'M, ma moman, je la protegeré toute ma life. J'le juR sur la teté de mon Olivia (ou de sa kopine), ma mR, je la PROTEGERÉ.*

Séraphine et moi nous tournons vers Hortense, qui est à nouveau toute trempée des cils.

Mais cette fois, ce sont des larmes de bonheur qui inondent son visage. Elle est si émue que ses pommettes sont rose vif.

– Vous avez lu ?... Hein, vous avez lu comme moi ce qu'il a écrit ? Il me voit comme une princesse !

– Oui, dis-je, c'est beau, c'est tellement beau. On cherche l'amour absolu ailleurs, loin, alors qu'il est juste tout contre nous, dans les yeux de nos enfants, ou dans ceux de nos parents, ou dans...

– Les filles, nous interrompt Séraphine, d'un ton sinistre. Lisez la suite.

Je la regarde sans comprendre, et me penche sur le journal qu'elle tient.

Sous un dessin de personnage de manga stylisé (toujours au stylo-bille), envoyant des boules d'énergie et se battant contre des mutants toutes dents dehors, il a rajouté quelques lignes, bien visibles, écrites différemment, comme s'il avait voulu souligner l'intensité solennelle de ce qui allait suivre.

*Maman, j'ai prit ma décision. Pardone moi, mais je vais faire ça pour toi, maman. Peut-etre ce soir, peut-etre dans une semaine ou dans un mois, mais je le ferait. Je par vivre chez mami, à Londres. J'irai en stop (enfin, à part pour traversé la mer, la je prendrait un bateau, je suis pas taré !!! je sais bien que je ne peut pas nager aussi longtemp) pendant la nuit. J'ai bien réfléchi, si je vais la-bas, elle pourra m'éberger, je travailleré dans un Mac Do et je t'enverrai mon salaire. Je ne serai plus une charge pour toi. Je veux taider maman, comme un homme, de toute façon, les cours ça me fait chier et comme ça tu sera fiere de moi. Mais bon, c'est pas pour tout de suite... ou alor peut-etre que si, j'en sait rien. Tu flippera pas, hein ?*

Panique à bord.

— Comment ça, je ne flipperai pas ?! rugit Hortense en repoussant le journal d'un geste brusque. Comment ça ?! Oh mon Dieu oh mon Dieu oh mon Dieu, vite ! Mon sac ! Un téléphone ! Il faut appeler la police ! Il faut appeler mon ex-belle-mère ! J'ai perdu son numéro à cette truie ! Il faut appeler Marcelino ! OOOH MON DIEU !

— Calme-toi ! Du calme ! tente de la tempérer Séraphine, en lui saisissant les bras. On ne sait pas encore s'il a fugué, respire, respire avec moi... hhuumff... pffffiiouh... hhuumppff...

L'autre la repousse violemment.

— ARRÊTE AVEC TES « RESPIRE » DE MERDE ! hurle Hortense, cette fois-ci complètement hystérique. Qu'est-ce que t'y connais, en éducation d'enfants ?! Ta fille est une bimbo et ton fils se maquille avec de la farine ! Alors respire toi-même !!

Je tente de m'interposer, il faut absolument que nous gardions notre calme. Hortense fait preuve, comme à son habitude, d'un sang-froid en ébullition, il va donc falloir le lui congeler de gré ou de force.

Séraphine, qui l'a bien compris, serre les fesses et continue de sourire.

— Je veux juste t'aider, ma cocotte, paniquer ne sert à rien, tu as besoin de toutes tes facultés pour gérer cette situation. Si ça se trouve, ce n'est pas dramatique, il est toujours chez un ami. Et si on commençait par appeler ses copains ?

Mais Hortense ne l'écoute plus, elle se tord les mains, fait les cent pas, et marmonne en boucle :

— Mon tout petit, mon bébé, mon innocent, tout seul dans la nuit noire, sans un sou, sans une écharpe, sans moi, il ne va pas faire du stop, c'est impossible, s'il fait du stop il risque sa vie, et s'il risque sa vie, je le tue !

— Je crois qu'on est mûres pour une nouvelle exploration de son antre, dis-je en regardant vers sa chambre. Il va falloir aller débusquer son répertoire, en espérant qu'il en possède un, et qu'il soit en papier...

Séraphine a une meilleure idée.

— Bon, Hortense. Est-ce que tu n'aurais pas au moins le numéro de son meilleur pote ? Si on arrive à le joindre, alors lui pourra nous donner ceux de ses autres amis.

— OUI ! Oui bien sûr que j'ai ça, attends... attends...

Saisissant fébrilement son portable, elle cherche le nom de Valérian, le trouve, et appuie sur la touche d'appel. Directement, elle tombe sur le répondeur du jeune homme, et nous devons lui retirer le mobile des mains avant que de rage elle ne le fracasse par terre. Je l'attrape par les épaules et la fais asseoir sur son canapé.

— Je t'en prie, arrête de te mettre dans des états pareils, calme-toi ! On va trouver une solution, il n'est sûrement pas très loin, tu sais comment sont les garçons, ce n'est peut-être que de la gueule pour se défouler et...

— Aaaah, mais parce que toi tu sais comment sont les garçons, c'est ça ?! Toi qui n'es même pas capable de garder un mari, tu crois peut-être que tu vas me donner des leçons pour savoir comment comprendre mon garçon ?!

C'est un coup bas, dont la perfidie me fait monter les larmes aux yeux.

Séraphine s'en aperçoit et décide cette fois de lui administrer une violente gifle mentale.

— Hortense, ne me force pas à être vache.

— Trop tard ! crie Hortense, toujours hors d'elle, en fixant sa culotte de cheval.

— Très bien ! crie l'astrologue, sur le point de lui rentrer dedans. Là tu dépasses les limites, misérable petite voleuse de mari !

— Quoi ? Quoi ? Mais je ne t'ai pas piqué ton mec, que je sache ! C'est quand même pas ma faute si toi non plus tu ne sais pas garder un homme !

— Oooh, ben un peu que tu ne m'as pas piqué mon mec, qu'est-ce que tu crois ? Il n'aurait JAMAIS voulu de toi !

Hortense s'étrangle :

— Et qu'est-ce que t'en sais, d'abord ? Tu me méprises parce que je suis une esthéticienne et toi une astrologue célèbre, hein ? C'est ça ? C'est dégueulasse ! Je t'interdis de me mépriser comme ça !

— Ah ? Et tu veux que je te méprise comment, alors ?!

— CHUT, ATTENDEZ ! je crie plus fort qu'elles deux réunies.

Un cliquetis de clés qu'on tourne dans la serrure, et la porte d'entrée s'ouvre, laissant apparaître dans le salon, après d'interminables secondes d'attente, la bouille relax de Fergus, qui dépose nonchalamment son blouson sur le portemanteau de l'entrée, et se plante face à nous.

Laconique, il lâche :

— Hey, vous en faites un de ces boucans... si les voisins râlent, faudra pas venir vous plaindre.

## 12

## Les bisous

*Un ami, c'est quelqu'un qui vous connaît
bien, et qui vous aime quand même.*
Hervé Lauwick

**Aujourd'hui, minuit.**

La tension retombe d'un seul coup, laissant s'évacuer les nuages bouffis d'aigreur qui s'étaient amoncelés au-dessus du salon.

Hortense pousse un cri de soulagement, et se jette au cou de son fils, qu'elle embrasse sur le visage et sur les cheveux avec une fougue que je ne lui avais jamais vue.

Lui, la tignasse orange en pétard, tout maigre dans son baggy et son haut de survêt, reste flegmatique sous l'assaut des lèvres en folie de sa mère déchaînée.

Après avoir rajusté ses lunettes, il nous demande en la montrant du doigt :

— J'ai manqué quelque chose ?

— Pourquoi tu n'as pas appelé ? gémit Hortense. J'étais morte d'inquiétude !!

— Mais si maman, j'ai envoyé un texto pour te dire que je rentrais plus tard...

— Mais « plus tard », c'est trop loin ! Je croyais que tu avais f...

Elle s'arrête net, prenant conscience d'avoir failli se trahir, et tourne brusquement la tête vers nous, avec dans le regard une supplique muette et désespérée.

Immédiate et instinctive solidarité maternelle, je roule des yeux vers Séraphine, qui percute et s'assoit précautionneusement dans le canapé. Mine de rien, sa main se pose sur le journal intime qui y était abandonné, et le glisse, l'air le plus indifférent du monde, sous un coussin.

Mais l'ado n'est pas dupe.

— Qu'est-ce qui se passe, ici ? Vous allez m'expliquer ?

On nage en plein délire. C'est le morveux qui nous demande de lui rendre des comptes, maintenant. Et le pire dans tout ça, c'est qu'il va falloir lui en rendre.

J'improvise. Quatre fesses sauvées sur six, c'est déjà un bon score, non ?

– Ta mère a un truc à te dire. Quant à nous, eh bien il se fait tard, on allait partir, n'est-ce pas Séraphine ?

– Oui, Aaaahouaaaaa…

Elle mime remarquablement bien le bâillement, et l'accompagne d'un étirement parfait. De la voir ouvrir aussi grand la bouche me fait bâiller pour de vrai. On est trop convaincantes. Mais Fergus nous retient.

– Cool… attendez. Expliquez-moi d'abord pourquoi ma mère est dans cet état-là ?

Échange de regards flippés. Avouer la véritable raison de cette hystérie collective, c'est avouer qu'on a fouillé dans ses affaires et perdre sa confiance à tout jamais. Mais se taire, c'est courir le risque qu'il passe à l'action et quitte la maison, demain, dans une semaine ou dans un mois.

Nous sommes coincées.

Enfin, surtout Hortense. C'était son idée, après tout.

Fergus fait quelques pas dans le salon en nous dévisageant, et vient s'affaler sur le canapé, tout près de Séraphine, qui n'a pas bougé. Soudain, il se colle à elle, se penche, comme s'il allait l'embrasser, et s'arrête à trois centimètres de ses lèvres.

Séraphine est tétanisée. Si elle a apprécié de se faire draguer par un jeune, là il ne faut quand même pas déconner. Du haut de ses quinze ans, le fils de sa copine lui paraît aussi sexy qu'un embryon.

Il se redresse alors, et brandit son journal intime qu'il vient de récupérer sous le coussin.

— Ce s'rait pas à cause de ça, par hasard ?

Fergus pose son carnet sur ses genoux, et attend notre réponse, bras croisés, l'air étrangement serein.

— J'ai dit qu'on allait partir ? j'articule en attrapant mon sac. Je ne me souviens plus, je l'ai dit ou pas ?

Séraphine n'a plus du tout envie de bouger. Au contraire, c'est maintenant que le spectacle va commencer. Elle est curieuse de voir comment Hortense va se sortir de ce mauvais pas.

On s'est déjà échangé des recettes de cuisine, des adresses de boutiques de fringues, pourquoi pas aussi des plans de gestion de crise ?

— C'est pas moi, jure Hortense, c'est elle qui l'a trouvé !

En parlant, elle pointe Séraphine d'un index accusateur.

Avant que l'astrologue livrée en pâture au lionceau n'ait eu le temps de répliquer, elle continue en s'adressant à son boutonneux :

— Mon chéri, je ne veux pas que tu fugues, je t'en prie, je t'aime tellement, je n'ai aucun besoin d'argent ni de quoi que ce soit d'autre, je n'ai besoin que de toi !!

— Hin ! Hin ! Hin !

Il éclate d'un rire sarcastique, que je trouve tout à fait inapproprié vu l'angoisse de sa mère. Y a des fessées qui se perdent.

L'explication de son hilarité ne tarde pas à nous être révélée.

— Meeuh... relax ! J'ai jamais eu l'intention de fuguer, tu m'as pris pour un ouf, ou quoi ? C'était juste un piège.

— Un piège ? je répète, incrédule.

— Un piège que j'ai posé, oui, confirme-t-il. Un traquenard pour vérifier que ma mère ne fouillait pas dans mes affaires. (Se tournant vers elle.) Ça t'a pas étonnée de trouver ce message en fin de journal, comme une publicité dans un livre, là où j'étais sûr que tu ne pouvais pas le manquer ? demande-t-il à sa génitrice, fier de lui et de sa petite combine stupide.

Hortense reprend des couleurs.

— Mais alors, tu... tu ne vas pas... tu ne vas jamais...

— Te quitter ? Non, jamais, maman, souffle-t-il, gêné d'un tel aveu public.

À nouveau, elle se jette dans les bras de son fils et l'enserre si fort qu'elle manque de l'étouffer dans son giron. Et vu sa profondeur de bonnet, ça donne une idée de combien elle le compresse.

— Pardon, pardon de m'être immiscée dans ton intimité, je suis désolée, tellement désolée...

— T'inquiète, ma p'tite maman. Y avait rien de spécial, dans ce journal. Mes vrais secrets, je les raconte sur mon blog.

Lentement, elle finit par se tourner vers nous, piteuse, souriant faiblement, se grattant la tête d'un air embarrassé. Un instant elle cherche ses mots, ne les trouve pas, bafouille un « Merci d'être venues, les filles », auquel nous répondons poliment en l'embrassant pour lui dire au revoir.

Allez, va. On en a vu d'autres. Surtout avec les hommes. Ce ne sera pas la première ni la dernière engueulade entre gens qui s'aiment.

Le problème, ce sera juste la difficulté d'une réconciliation pleine, entière et totalement satisfaisante autre part que sur l'oreiller.

C'est possible ?

# 13

# Les e-mails

> *Regarder sa fille partir avec son petit copain, c'est comme prêter un stradivarius à un gorille.*
>
> Jim Bishop

Aujourd'hui, 1 heure du matin.

Dans ma salle de bains, j'applique sur un coton une couche épaisse de lait démaquillant qui sent bon la crème pour bébé, avant d'en frotter ma figure.

Je fais ce geste à l'aveuglette, car j'ai retiré mes lentilles. En même temps, comme j'ai une assez bonne mémoire, j'arrive encore à me souvenir où viser, m'épargnant ainsi de m'oindre l'intérieur de l'œil.

Après avoir globalement décrassé ma peau, je la frictionne d'un coton imbibé de tonique rafraîchissant, qui me laisse entrevoir combien mon fond de teint tient à moi, mais là tant pis, j'ai sommeil.

Délice d'entre les délices lorsque mon soutien-gorge gicle, que je retire mes vêtements, que je chausse mes lunettes et que j'enfile un confortable pyjama, aussi peu sexy que je me sens bien dedans.

Je dors debout, mais avant de m'en aller dormir allongée, je m'installe un instant devant mon ordinateur pour y consulter mes e-mails. Un rapide checking me révèle qu'il ne s'est rien passé d'intéressant dans ma boîte aux lettres depuis ma dernière visite.

Pourtant, ce qu'a dit Fergus me trotte dans la tête, à propos de son blog.

Ça me scotche, cette façon irresponsable qu'ont les ados de s'exhiber sur le net. De confier à des milliers d'inconnus ce qu'ils s'acharnent à cacher à leurs parents. De mettre en ligne, et ainsi d'offrir à la terre entière, les photos qu'autrefois nous compulsions religieusement dans de beaux albums aussi lourds qu'un annuaire. De communiquer en se débarrassant volontairement de toutes ces structures grammaticales qu'on a mis des années à leur enseigner, en inventant leur propre sémiotique analphabète. De cumuler des flopées d'amis virtuels qu'ils ne rencontreront jamais, au détriment du temps passé avec leurs copains réels.

En même temps, est-ce que ce n'est pas exactement ce que j'aurais fait, moi, si internet avait existé quand j'avais quinze ans ? Est-ce que la seule chose qui m'a empêchée de me perdre dans des univers chimériques n'est pas la monumentale facture de téléphone que mes parents ont reçue quand j'ai découvert le Minitel ?

Je surfe alors, plongée dans mes pensées, plus par habitude que par réelle recherche d'une quelconque information, et finis par me retrouver, par je ne sais quel détour de mon subconscient embrumé, sur la messagerie de Lou.

Alors que je m'apprête à cliquer sur la petite croix rouge en haut à droite de mon écran, je remarque que son mot de passe est mémorisé. Quelle imprudence, il faudra que je lui dise de ne jamais le laisser, même sur l'ordinateur de sa mère (*surtout* sur l'ordinateur de sa mère), on ne sait jamais.

Avant même que j'aie pu protester contre moi-même, ma main droite, détachée de ma conscience éveillée, ouvre cette boîte e-mail. Les messages reçus sont tous lus, après tout elle ne remarquera pas si j'y jette un coup d'œil.

Mais qu'est-ce qui m'arrive ? Aurais-je ingéré un sushi avarié pour me comporter de la sorte ? Je ne me reconnais pas.

Ma main droite s'en fiche, elle continue son chemin... et tombe sur ce message, écrit par la propre menotte de ma fille :

> *De : Lou-Li-Lou-La*
> *A : Jon-Attend*
> *Message : G bi1 ressu le peti papié ke tu ma fé passé ojourd'8 pendan le kour despaniol... Je ne savé pa ke tu me kiffais. MDR. Mwa ossi tu sé, JTM bi1...*

Effarée, je recule, puis d'un geste horrifié j'éteins mon ordinateur, et je plonge me réfugier sous les couvertures, groggy, avec, résonnant dans ma tête, le tempo d'un générique angoissant, remonté du fin fond de ma mémoire...

Les adolescents.
Des êtres étranges, venus d'une autre planète.
Leur destination ? Mystère.
Leur but ? Envahir leur mère.
Rebecca Carensac les a lus.
Pour elle, tout a commencé par une nuit sombre, égarée dans les entrailles de son PC, alors qu'elle cherchait un raccourci clavier que

jamais elle ne trouva. Cela a commencé par un dîner arrosé, et par une femme restée trop longtemps sans sommeil pour pouvoir espérer s'endormir. Cela a commencé par l'atterrissage devant la bal de l'une de ses filles.

Maintenant, Rebecca Carensac sait que les adolescents sont là, qu'ils prennent forme adulte.

Elle sait qu'elle doit convaincre ses amies incrédules que pour elle aussi, le cauchemar a vraiment commencé.

# 14

# Un mois plus tard

*Sept fois à terre, huit fois debout.*
Proverbe japonais

**Chez Hortense...**
– Et donc, mon fils, où est-ce que je clique pour répondre ?
– Là maman, comme ça... voilà.
– Ici ?
– Oui, tape ton texte, maintenant.
– Super ! Oh, c'est super. Alors j'écris, et tu me dis si je fais des fautes, d'accord ? J'y vais... *Bjr Filip, nou etion en secla au licé ensenbl. C d1gue, tu na pa changé ! mdr ! koa 2-9 ? Dézolé pour ton divorse. Moa je...*
– Maman, maman, mais qu'est-ce que tu fais ?!
– Comment ça, qu'est-ce que je fais ? Ben je m'adapte ! Je retrouve un ancien amoureux sur

internet, il tient un blog, donc je lui écris en blog. C'est pas ce qu'il fallait faire ?

— Comment te dire ? On va y aller mollo, pour commencer. N'oublie pas qu'il a ton âge, il comprend plus le jeune. Je vais écrire moi-même ton texte, et tu me diras si ça te va.

— D'accord mon chéri.

— *Bonjour Philippe. Nous étiont en classe ensemble au lycée. Ces incroyable, tu n'a pas changé ! Cela me fais sourire. Qu'est-ce que tu devient ? Je suis désolée d'apprendre que tu a divorcé. On pourrais peut-être prendre un café, un de ces quatres ?...* Voilà maman, qu'est-ce que tu en penses ?

— C'est magnifique, mon amour, merci...

— Alors je clique sur « Envoi »...

Chez Séraphine...

Texto de Séraphine. – *Crève.*

Texto de Cyriaque. – *Justement ! Je crève déjà sans toi, j'ai fait une erreur monumentale, pardonne-moi...*

Texto de Séraphine. – *Je vais être plus explicite : va mourir.*

Texto de Cyriaque. – *N'importe quoi, je ferai n'importe quoi pour te récupérer, tu m'entends ? Tu as été ma femme pendant deux décennies, tu ne peux pas me rayer de ta vie comme ça !!!*

Texto de Séraphine. – *Qui me parle ?*

Texto de Cyriaque. – *Il y a un autre homme, c'est ça ? Tu m'as déjà remplacé ?!*

Texto de Séraphine. – *Pas UN autre homme. Plusieurs. Et c'est délicieux, merci encore de m'avoir quittée !*

Texto de Cyriaque. – *Je meurs. Tu m'as tué.*

Texto de Séraphine. – *Eh ben tu vois que tu sais me faire plaisir, quand tu veux. Il aura tout de même fallu attendre vingt ans. Mais ça valait le coup, quelle jouissance…*

Texto de Cyriaque. – *Tu es inhumaine ! Si tu savais ce que j'ai vécu avec l'autre foldingue, tu aurais pitié de moi… j'ai tellement souffert. C'est une cinglée !!*

Texto de Séraphine. – *Je vois que tu as envie de te confier. Attends, je te cherche le numéro de SOS Amitié.*

Texto de Cyriaque. – *Séraphine, tu ne sais pas ce que tu rates.*

Texto de Séraphine. – *Justement, si. Rien.*

Texto de Cyriaque. – *Jamais un homme ne t'a désirée comme je te désire…*

Texto de Séraphine. – *Ah ça, tu as raison, il me désire bien plus. D'ailleurs, je file le rejoindre ! Bye-bye !*

Texto de Cyriaque. – *SÉRAPHINE !!! JE T'AIME !!*

## SOIRÉE SUSHI

Texto de Séraphine. − *Moi aussi Cyriaque, j'ai découvert que je m'aimais. C'est justement pour ça que je ne reviendrai pas...*

**Chez Rebecca...**

Brieuc. – Je sais pas toi, mais moi ça me saoule de dédicacer dans les salons de bande dessinée trop grands et trop bruyants, comme celui-ci. Il y a un de ces boucans, et puis tout ce monde, et cette lumière aux néons, c'est insupportable...

Moi (rendant un livre à un lecteur, après y avoir apposé un joli dessin). – Hum hum...

Brieuc. – Tiens, regarde là-bas, comment il s'appelle, déjà, ce dessinateur ?

Moi (tournant vaguement la tête dans la direction qu'il m'indique). – Hum... ?

Brieuc. – Comment il s'y croit trop !

Moi. – Hum. (Je secoue un peu ma main, après l'avoir rapidement observée.)

Brieuc (me la saisissant avec douceur). – J'ai remarqué depuis tout à l'heure que tu avais l'air d'avoir un problème, à ce niveau…

Moi. – Eh, mais… qu'est-ce que tu fais ?

Brieuc. – Je ne t'ai pas dit ? Avant de faire des albums, j'ai été kiné. Attends… (Il effectue une délicate manipulation au niveau de mon poignet, et soudain je sens le sang mieux affluer, ma main se désengorger, redevenir normale.)

Moi. – Ooooh, mais c'est dingue ! Elle… regarde, elle… merci !!

Brieuc. – C'est rien, je t'en prie. Tu avais un nerf de coincé. (Il fait une pause.) Je n'ai pas l'intention de te demander ta main, mais, tu sais, si tu veux… je pourrais en prendre soin.

Moi. – …

Brieuc (en souriant). – Pourquoi tu me regardes comme ça ?

Moi. – Je ne sais pas… (Silence.) Je n'avais jamais remarqué ces traits, là, sous tes pommettes. Ils se creusent quand tu souris. C'est joli, je trouve.

Brieuc (qui rigole en plongeant ses yeux clairs dans les miens). – Moi j'avais déjà repéré plein de jolies choses chez toi.

Moi. – …

Brieuc. – …

Moi (sourire). – ...
Brieuc. – Tu viens, on va déjeuner ?
Moi. – Mais il n'est que 11 heures...
Brieuc. – Et alors, on est libres, non ?
Moi (grand sourire. Je me lève pour le rejoindre, et glisse tout naturellement mes doigts entre ceux qu'il me tend). – ... Oh que oui.

... et chez Rubis.

Rubis (d'une petite voix haut perchée). – Ahahaha, viens là mon chériiii...

Chéri (en nage). – Encore ?! Nan mais j'en peux plus là, Rubis, tu m'as épuisé, il faut que j'aille travailler maintenant, j'ai d'autres sushis à livrer...

Rubis (s'avançant vers lui, en faisant jouer le nœud de la ceinture de son déshabillé de soie noire). – Viens là viens là viens làààà...

Chéri (reculant avec des gestes d'apaisement). – Gentille, voilààà... duuuu calme... tout doux...

Rubis (voix qui tombe d'une octave, et se fait soudain gravement sensuelle). – Chériii ? Est-ce que tu as déjà entendu parler du nantaimori ?

Chéri (levant les yeux au ciel). – Qu'est-ce que c'est que ce truc, encore ? Ça fait mal ?

Rubis (aguicheuse). – Nooon... Au contraire... C'est la version masculine du nyotaimori... Il s'agit d'une vieille tradition japonaise parfaitement indécente... Il faut juste des sushis, et un homme nu... J'ai les sushis, tu fournis l'homme nu ?...

Chéri (cherchant à fuir). – Oh nooon...

Rubis (gourmande). – Oooh siiii...

Chéri (saisissant un pot de wasabi, l'ouvrant et le tendant vers elle en la menaçant). – Rubis, si tu t'approches de moi, je te préviens, je m'enduis le corps !

Rubis (lui sautant dessus). – Chiche !

# Table

1. XM1 et XM2 ................................... 9
2. Jules ............................................. 15
3. Lou et Mina .................................. 25
4. Rebecca ....................................... 33
5. Hortense ...................................... 43
6. Séraphine .................................... 65
7. Rubis ............................................ 75
8. Marcelino .................................... 103
9. Les sushiiis ! ................................ 121
10. Fergus .......................................... 137
11. Le journal intime .......................... 145
12. Les bisous .................................... 157
13. Les e-mails .................................. 163
14. Un mois plus tard ......................... 169

Agnès Abécassis
dans Le Livre de Poche

*Au secours, il veut m'épouser !* n° 30943

Toutes les filles rêvent-elles de se marier ? Oui… Sauf celles qui l'ont déjà été ! Déborah vit avec Henri, son nouvel amoureux. De nature enjouée, elle a un caractère facile, si l'on excepte son goût pour les commérages intempestifs ou sa jalousie de pieuvre. Malgré tout, Henri le blagueur aime son impétueuse compagne. Alors, entre deux taquineries, il glisse des allusions sur le mariage. Mais pour Déborah, plus question de rigoler. Le mariage, elle connaît. Où trouver, dans ce cas, des exemples rassurants ? Auprès de son amie Daphné, jeune mariée enceinte aux prises avec sa belle-mère horripilante ? Ou de Roxane, ancien top model tiraillée entre couches sales, mari pantouflard et nostalgie de sa gloire passée ? Devant les vies exaltantes de ces femmes baguées, Déborah va-t-elle tout de même accepter la demande d'Henri ?

*Chouette, une ride !* n° 31659

Jusqu'à présent, ma vie était hyper plan-plan, genre marmots, boulot, dodo, sauf que pour moi, le boulot ça se passe à la maison, scotchée à un clavier d'ordinateur. Ben oui, mon job, c'est écrivain (célèbre). Mais dernièrement, tout a basculé : un beau gosse dans la rue m'a appelée « madame » ; il m'a fallu une traduction simultanée pour comprendre ce que me disait une ado ; une vendeuse mielleuse m'a suggéré une crème anti-âge ; j'ai surpris des copines en train de trafiquer leur date de naissance. Et là, d'un coup, j'ai réalisé que j'avais déjà trente-six ans. C'est-à-dire, techniquement, presque quarante. Donc bientôt cinquante. À votre avis, je fais quoi ? Je déprime ou je positive ?

*Toubib or not toubib* n° 31208

Elle court, elle court, la maladie d'humour… La preuve dans ce cabinet médical pas comme les autres. Après avoir été accueilli par une réceptionniste douce comme un pit-bull, vous aurez le choix entre une dentiste si gaffeuse que vous préférerez garder vos caries, un gynécologue odieusement misogyne, un bel acupuncteur dont les patientes sont piquées, ou Yohanna, la gentille généraliste qui va elle-même s'allonger chez le psy entre deux examens. Un homme bien étrange d'ailleurs, ce psy. Il lui fait revivre, sous hypnose, toutes ses premières fois, pour comprendre d'où vient son problème de manque de confiance en elle. Mais la situation dérape le jour où elle commence à développer de surprenantes aptitudes... Finalement, le plus malade n'est peut-être pas celui qu'on croit !

*Du même auteur :*

LES TRIBULATIONS D'UNE JEUNE DIVORCÉE, Fleuve Noir, 2005.
AU SECOURS, IL VEUT M'ÉPOUSER !, Calmann-Lévy, 2007.
TOUBIB OR NOT TOUBIB, Calmann-Lévy, 2008.
CHOUETTE, UNE RIDE !, Calmann-Lévy, 2009.
LES CARNETS D'AGNÈS – PREMIER CARNET, Hugo BD, 2009.